Gerhard Zall

Giorgos

Roman

Umschlaggestaltung: Gerhard Zall

Herstellung und Verlag: BoD- Books on Demand, Norderstedt

ISBN 978-3-7528-8627-6

Bibliografische Information der Deutschen Nationalbibliothek

Die Deutsche Nationalbibliothek verzeichnet diese Publikation in der Deutschen
Nationalbibliografie; detaillierte bibliografische Daten sind im Internet über
www.dnb.de abrufbar.

Für meine Frau.

Danke, dass Du immer da bist.

Näher als es jemand sonst sein könnte.

Ich liebe Dich.

Kapitel 1:

Es ist nicht das erste Vorstellungsgespräch in diesem Monat. Dieses Gespräch hat sein Onkel Sotis für ihn arrangiert. Giorgos hat seit dem Beenden des Militärdienstes immer wieder wochenweise gearbeitet. An seinem 21. Geburtstag hatte er ausgerechnet den letzten Job verloren. Das ist nun vier Monate her und er ist motiviert und verzweifelt zugleich.

In dieser Firma wird Werkzeug für die Minenarbeiter der Silbermine von Laurion hergestellt. Es ist eine recht große Firma.

Endlich wird er hereingerufen.

»Guten Tag, Giorgos. Mein Name ist Topalidis«, stellt sich der Personalleiter vor.

»Guten Tag«, sagt Giorgos mit leiser Stimme.

Spätestens jetzt, als Giorgos den Mann gegenüber im Anzug sieht, wünscht er sich, nicht im T-Shirt und abgenutzter Hose erschienen zu sein. Herr Topalidis ist etwa 60 Jahre alt und hat kaum noch Haare. Macht aber einen sehr sympathischen Eindruck auf Giorgos.

»Nimm Platz. Möchtest du etwas trinken?«

»Nein. Vielen Dank.«

»Ich nehme einen Kaffee, bitte«, sagt Herr Topalidis recht freundlich zu der Dame, die Giorgos hereingerufen hatte. Sie hatte sich am Empfang zwar vorgestellt, aber Giorgos hat ihren Namen nicht behalten können.

»Ich kenne deinen Onkel schon sehr lange. Wir haben zusammen in der Fußballmannschaft von Laurion gespielt. Jetzt gibt's hier keine Mannschaft mehr. Glaube ich. Oder?«

»Nein. Ich denke nicht«, sagt Giorgos und wackelt nervös mit dem rechten Knie hin und her.

»Wie geht's denn Sotis?«

»Er ist etwas krank, seit einigen Monaten. Die Arbeit in der Silbermine hat seine Lungen kaputtgemacht. Aber er ist auch recht zäh. Das wird bestimmt bald wieder.«

»Ja. Das denke ich auch, mein Lieber«, sagt Herr Topalidis und lacht dabei mit geschlossenem Mund.– »Der Kerl ist wirklich zäh. Ich weiß, dass es für einen jungen Mann im Moment, hier in der Gegend schwer ist, Arbeit zu finden. Als ich im letzten Jahr die Unternehmensplanung für das Jahr 1956 gemacht hatte, konnte ich nicht ahnen, dass dies nun das beste Jahr in der Firmengeschichte werden könne, und es ist gerade erst August. Es gibt nur eine Handvoll Unternehmen, und es gibt etliche Gastarbeiter, die aus der Türkei zu uns kommen. Die meisten gehen alle in die Silbermine. Nach ein paar Monaten sind dann viele total am Ende. Solange es die Mine gibt, habe ich Aufträge ohne Ende. Jetzt haben sie auch noch Edelsteine entdeckt. Gute Leute kann ich immer gebrauchen. Aber du musst dich hier beweisen. Es ist ein Knochenjob, sag ich dir.«

Das beeindruckt Giorgos nicht. Er hat schon einiges geschuftet.

»Du kannst gleich hinunter in die Halle zu Herrn Remos gehen. Er weiß, dass du heute kommst. Arbeite mit und er wird dir sagen, ob du wiederkommen kannst. Hast du auch Arbeitskleidung dabei?«

»Ja. Haben Sie vielen Dank, Herr Topalidis. Ich werde Sie nicht enttäuschen«, sagt Giorgos nun mit einem Lächeln im Gesicht und gibt Herrn Topalidis dabei die Hand.

Giorgos hat nicht gefragt, was er genau machen muss oder wie viel er hier verdient. Wer die Aussicht auf Arbeit hat, der nimmt alles an. Egal, unter welchen Bedingungen.

»Sie müssen vorne die Treppe hinunter und dann links in Halle 4«, sagt die Dame am Empfang und zeigt Giorgos dabei die Richtung mit der Hand.

»Vielen Dank, Frau Dionidis«, sagt Giorgos lächelnd und froh darüber, dass er ihren Namen auf dem Schild am Empfang entdeckt hatte.

Mit seiner Tasche in der Hand schreitet er in Richtung Treppe. Er streicht sich mit der anderen Hand dabei durch seine Locken und wischt sich mit dem Unterarm über die Stirn. Als er unten an der Treppe ankommt, kann man schon ein dumpfes Pochen wahrnehmen, das anscheinend aus den Hallen kommt. Giorgos weiß nicht, was ihn erwartet. Er greift nach der Türklinke und zeitgleich zieht jemand von der anderen Seite die Tür auf. Beide sind sehr erschrocken.

»Aufpassen!«, sagt ein ziemlich großer, unrasierter Mann mit lauter Stimme.

Giorgos entschuldigt sich sofort und geht zur Seite, sodass der Mann vorbei kann. Beide stehen in der Tür und Giorgos hält dabei die Tür mit dem Fuß auf.

»Bist du Galanis?«, fragt der Mann, der recht sauer klingt.

»Ja«, antwortet Giorgos eingeschüchtert.

»Ich bin gleich bei dir. Leg deine Tasche da drüben hin und geh schon mal rein.« Er zeigt zuerst auf eine Bank mit Taschen und Kleidungstücken. Offenbar ist das hier die Pausenecke und vermutlich ist das Herr Remos. Er hatte sich nicht vorgestellt. Und dann zeigt der Mann in Richtung der Maschinen. Dort soll Giorgos warten.

Giorgos lässt die Tür zufallen und der Lärm verstummt für einen Moment wieder. Er legt seine Tasche auf eine leere Stelle auf einer Sitzbank und atmet noch mal tief durch. Er zieht sich schnell um und geht dann in die Halle.

Es ist wirklich laut und sehr warm. Maschinengetöse. Die Männer schreien, um sich zu verständigen, und es ist recht schmutzig. Hier werden Eimer und andere Metallbehältnisse hergestellt. Männer tragen riesige Aluminiumplatten zu den Pressen. Sie haben Giorgos wahrgenommen, aber sich gleich wieder ihrer Arbeit zugewandt. Giorgos wusste sowieso nicht, was ihn hier erwartet, daher ist er auch nicht enttäuscht. Er stellt sich schon mal darauf ein, gleich anzupacken.

»Du gehst hinüber zu Antonis und Theo. Bei denen kannst du mit anpacken«, ruft Herr Remos plötzlich von hinten. Giorgos legt sofort los. Er stellt sich den beiden jungen Männern vor. Er hat sie wohl schon mal in Thorikou gesehen, aber sie kennen sich nicht. Giorgos kennt nur die Leute aus seinem Dorf. Antonis hat lange Haare, welche er zu einem Pferdeschwanz zusammengebunden hat. Theo ist ein wenig dick, aber scheint ganz kräftig zu sein. Die beiden zeigen Giorgos, was er machen muss. Sie wirken sympathisch.

Giorgos lernt schnell. Er muss nur einmal zuschauen und dann kann er es nachmachen. Es ist eine schwere körperliche Arbeit, aber das ist für ihn kein Problem. Die Männer haben bestimmte Greiftechniken, wie sie das Metall auf die Maschine heben. Giorgos hat das gut erkannt. Das scheint sehr eintönig zu sein. Für Giorgos ist es einzig wichtig, Geld zu verdienen, für sich und seinen Onkel, bei dem er seit seiner Kindheit lebt.

Die Zeit vergeht sehr langsam. An der Wand in der Halle hängt eine riesige Uhr, an dessen Rand offenbar jemand die Pausenzeiten mit einem Messer eingeritzt hat. Jetzt ist es soweit. Alles wird plötzlich fallengelassen.

*»In Griechenland sieht man es sonst mit der Pünkt-
lichkeit auch nicht so eng. Aber was die Pausen angeht, da macht uns keiner was vor«*, denkt sich Giorgos. Er ist auch ziemlich erschöpft. Der Schweiß läuft
ihm über die Stirn und den Hals herunter. Bei den
anderen ist es genauso.

Alle stürmen an ihre Taschen, nehmen ihre Brotzeit
und gehen nach draußen. Die Mitarbeiter haben eine
Ecke, in der sie ihre Pausen auf dem Hof verbringen.
Einige alte Stühle, Bäume, die Schatten spenden, und
ein überdimensional großer Aschenbecher.

In der Halle, in der Giorgos arbeitet, sind zwölf
Männer. Draußen stehen mindestens 80 Männer und
Frauen. Offensichtlich die Leute aus den anderen Hal-
len.

Sofort werden Zigaretten angezündet und Brote
ausgepackt. Es vermischt sich der Geruch von Zigaretten und mitgebrachtem Essen. An einer Wand
hängt ein Waschbecken aus Metall. Giorgos wäscht
sich die Hände und das Gesicht. Er setzt sich etwas
außerhalb der Gruppe auf einem Baumstamm, der
offensichtlich als Sitzgelegenheit genutzt wird.

Giorgos sitzt alleine auf dem großen Stamm. Er isst
sein Brot und sieht dabei auf die Olivenbäume hinter
dem Maschendrahtzaun. Soweit das Auge reicht, Olivenbäume.

Einige der Leute unterhalten sich, andere wiederum
beobachten Giorgos. Die jungen Frauen tuscheln,

während sie ihn beobachten. Es ist offensichtlich, dass sie den »Neuen« mustern.

Giorgos bemerkt das nicht. Einige der Frauen tragen ein Kopftuch, das sie verspielt hinter dem Kopf zusammengebunden haben.

Giorgos hat nur zweimal vom Brot abgebissen. Er packt es wieder ein und holt einen kleinen Block und einen Holzstift aus der Tasche. Er beginnt zu zeichnen. Sieht dabei immer wieder auf die Olivenbäume.

Fünfzehn Minuten gehen schnell vorbei. Die Leute stehen auf und gehen in Richtung der Hallentore. Giorgos packt ein und geht hinterher. Er hört die Frauen lachen und sieht in ihre Richtung. Zwei von ihnen lächeln ihn an. Er lächelt verschämt zurück und geht hinein. Die anderen Männer haben das bemerkt und schütteln den Kopf, während sie zu den Frauen herüberblicken.

»Halte dich von denen fern«, flüstert Antonis von hinten in Giorgos' Ohr. »Die Frauen hier spinnen. Bringt nur Ärger.« Giorgos lächelt und schnappt sich seine Handschuhe.

Die Maschinen sind wieder an. Der Lärm ist wieder da. Und weiter geht's.

Noch zwei Stunden bis zum Arbeitsende.

Giorgos kämpft sich hochmotiviert durch die Arbeit. Es fällt ihm nun doch schwer, aber er macht es. Er blickt immer öfter zur Uhr.

Fünf Minuten vor 19 Uhr. Herr Remos kommt in die Halle. Er ist bereits umgezogen. Fertig zum Heimgehen.

»Und? Wie sieht's denn aus? Kommst du wieder?«, sagt er und hat ein leichtes Grinsen auf den Lippen.

»Sicher«, sagt Giorgos selbstbewusst und wissend, dass Remos eine andere Antwort erwartet hatte.

»Gut. Dann bis morgen.« Remos ist sichtbar erleichtert, dass Giorgos mit der Arbeit hier klarkommt.

»Es waren noch drei Jungs da letzte Woche«, sagt Theo. »Die kamen nicht mehr.«

»Verstehe«, sagt Giorgos und denkt dabei an seinen besten Freund Mikis. Er könnte einer von denen gewesen sein, die sofort hinschmeißen, wenn es mal anstrengend wird.

Plötzlich Stille. Die Maschinen sind aus. Die Männer gehen hinaus. Feierabend. Giorgos verabschiedet sich von den beiden Jungs, die mit ihm arbeiten, und schnappt sich seine Tasche, hängt sie sich über die Schulter und geht sichtlich erschöpft nach draußen.

Als er über den Hof geht, sieht er eines der jungen Mädchen am Fahrradständer. Sie blickt zu ihm hinüber und lächelt.

»Bis morgen«, ruft sie zu ihm herüber. Giorgos lächelt nur zurück und geht zum Ausgangstor. Sie steigt auf ihr Fahrrad und fährt an ihm vorbei. Er hat noch zehn Minuten Fußweg vor sich. Das ist im Vergleich zur Arbeit eine Erholung für Giorgos.

Die Sonne geht langsam unter und der Weg ist nicht asphaltiert. Es staubt ganz leicht bei jedem Schritt, den Giorgos macht. Er sieht müde und erschöpft aus. Aber ein positiver Ausdruck in seinem Gesicht lässt den Anschein zu, als wäre er den ganzen Nachmittag beim Spaziergang gewesen.

Ein weiter Weg über Felder an einzelnen Bäumen vorbei. Man kann sehr weit sehen. Giorgos kennt sich hier sehr gut aus. Er hat Griechenland noch nie verlassen. Das will er auch nicht.

Als Kind war er mit seinen Eltern einmal in Athen. Das ist sehr lange her. Er kann sich nur noch an die vielen Menschen und den Lärm erinnern.

Laurion ist ein kleiner Ort neben der Kleinstadt Thorikou. Allerhöchstens 500 Einwohner. In der Firma hat er niemanden aus dem Dorf erkannt. Bestimmt alle aus der Stadt. Die meisten waren mit Fahrrädern dort. Aus der Stadt braucht man mit dem Fahrrad höchstens fünfzehn Minuten.

Jetzt ist er gleich zuhause. Das Haus seines Onkels steht am Rande von Laurion. Hier wohnen viele Familien, die viele Kinder haben. Es ist eine ärmliche Gegend. Ein Auto hat hier niemand.

Giorgos wohnt in einem kleinen Häuschen das zum Teil Weiß und Grau gestrichen ist. An manchen Stellen fehlt die Farbe. Sein Onkel Sotis sitzt auf einer kleinen Bank vor dem Haus und sieht ihm schon entgegen. Er hat sehr helles graues Haar und trägt eine dicke Brille. Neben der Bank lehnt ein Gehstock.

»Hallo, Giorgos!«, begrüßt sein Onkel ihn hoffnungsvoll. »Wie ist es gelaufen?«

»Ich muss dir danken, Onkel«, sagt Giorgos mit einem breiten Grinsen im Gesicht. Sotis greift sich den Jungen und umarmt ihn ganz fest. Er ist sehr glücklich, dass es endlich geklappt hat. Sie hatten sich in letzter Zeit Geld leihen müssen, um über die Runden zu kommen. Sotis hat ganz leichte Tränen in den Augen.

»Komm rein! Du hast bestimmt Hunger und bist müde. Ist es auch nicht zu schwer? Du weißt, du darfst dich körperlich nicht zu sehr anstrengen.«

»Nein, Onkel. Es war gar nicht schwer. Es ist eine gute Arbeit«, sagt Giorgos und kann seinem Onkel dabei nicht in die Augen sehen. Sotis kennt das schon. Wenn Giorgos ihn nicht ansieht, dann erzählt er nicht die Wahrheit. Giorgos leidet seit seiner Geburt an Pulmonal Stenose. Eine verengte Herzklappe zwingt das Herz viel schwerer zu arbeiten. Bei Überanstrengung werden seine Lippen blau und Giorgos bekommt Atemnot. 1956 ist eine komplexe Operation am Herzen in Griechenland undenkbar. Obwohl Dr. Martakis, der Dorfarzt von Laurion, ihm einen Arzt im Athener Krankenhaus empfohlen hat.

Sotis schweigt.

Sie gehen ins Haus. Das Haus hat nur zwei Zimmer. Das erste Zimmer betritt man sofort, wenn man durch die Haustür geht. Es ist ein Durchgangszimmer. Hier schläft Sotis und es ist auch gleichzeitig die Küche.

Es ist spärlich eingerichtet, aber gemütlich. An der Wand hängen ein Spiegel und ein gezeichnetes Bild, welches Giorgos' Eltern zeigt. Gegenüber der Eingangstür ist der Eingang zu Giorgos' Zimmer. Statt einer Tür hängt dort eine dunkelrote Stoffdecke, die am Tag hochgeschlagen wird. Giorgos geht in sein Zimmer.

»Willst du denn nicht essen?«, fragt Sotis.

Sotis hat Bisélia gemacht. Kichererbsen mit Öl und Zitronensaft. Man riecht es bereits vom Hof.

»Ich habe keinen Hunger, Onkel« sagt Giorgos und geht ins Zimmer. Er zieht dabei die rote Decke hinter sich herunter.

In Giorgos' Zimmer steht ein niedriges Bett, unter welches kaum seine Schuhe passen. Das Fenster ist sehr hoch und recht klein. So wird es im Winter nicht zu kalt. Vor dem Fenster stehen ein kleiner Holztisch und davor ein Stuhl. Giorgos hat seine Kleidung in einem Regal, in welchem auch einige Bücher, Stifte und lose Blätter sind. Die Wände sind dunkelgrau. An der Wand, an der sich sein Bett befindet, ist eine Decke befestigt. Ähnlich wie ein alter Webteppich. Einige Zeichnungen hängen an der Wand und manche hat er mit einem dicken Nagel in die Wand eingeritzt. Giorgos ist ein begnadeter Zeichner. Er hat vieles von Fotos abgezeichnet. So auch seine Eltern, die auf etlichen Zeichnungen in seinem Zimmer zu sehen sind.

Giorgos wirft seine Tasche aufs Bett und zieht die Schuhe aus. Er setzt sich neben die Tasche und holt den Zeichenblock heraus. Er zeichnet das Bild weiter, welches er in der Pause auf der Arbeit begonnen hat. Alles, was er jetzt noch hinzu malt, entspringt seiner Fantasie.

Immer wieder gehen seine dunkelbraunen Augen hoch und er blickt durch sein Fenster, welches gegenüber vom Bett ist, zum Himmel. Er hat ein kleines Radio neben dem Bett. Er schaltet es ein und stellt es lauter. Griechische Musik. Die hört Giorgos am liebsten. Er lehnt seinen Kopf an die Wand und ist in Gedanken. *Mit 20 Jahren will man doch was vom Leben haben. Was erreichen.* Giorgos ist nicht faul. Er hat immer alles gegeben.

Er kümmert sich um seinen Onkel, der immer öfter Atemnot hat. Giorgos weiß auch, dass Sotis sehr krank ist, und fühlt sich machtlos. Er hört die Gespräche, wenn der Arzt da ist. Er tut so, als wüsste er es nicht. Durch die neue Arbeit kann er wenigstens die Sorge um das Geld von seinem Onkel nehmen.

»Kennst du jemanden auf der Arbeit?«, ruft Sotis aus dem anderen Zimmer. Giorgos stellt das Radio leiser.

»Nein. Die Leute, dich ich heute gesehen habe, die kenne ich nicht.«

»Arbeiten dort auch Frauen?«, ruft er wieder und stellt sich dabei in den Zimmereingang.

»Ja. Ein paar hab ich gesehen«, sagt Giorgos und klingt dabei etwas genervt.

»Ja, und?« Sotis bohrt nach.

16

»Was, ja und?«

»Denkst du nicht, dass du dort eine Frau kennenlernen kannst?«

»Nein! Die spinnen dort alle.« Giorgos macht das Radio wieder lauter. Sotis dreht sich um und lässt den Türvorhang zufallen.

»Die spinnen!?«, murmelt er ganz leise vor sich hin.

Giorgos holt das angebissene Brot aus seiner Tasche, welches er auf der Arbeit nicht gegessen hatte. Er hat nun doch Hunger. Er steht auf und zieht die Schuhe wieder an.

»Wohin gehst du?«, fragt Sotis als Giorgos zur Tür hinausgehen will.

»Ich geh ein bisschen raus.«

»Brauchst du Geld?« Sotis weiß, dass Giorgos kein Geld hat.– »Willst du was trinken gehen?«

»Nein, Onkel. Ich gehe nur auf die Straße«, sagt Giorgos und geht hinaus. Auf der Straße ist immer jemand. Einige Kinder sind noch draußen und spielen mit zwei Hunden. Und einige ältere Nachbarn sind ebenso draußen. Giorgos grüßt diese höflich und schlendert die Straße hinunter.

Unweit von seinem Haus ruft ein junger Mann aus einem Hauseingang.

»Giorgos! Hey, Mann!«

»Hallo, Mikis!«

Das ist Giorgos' bester Freund.

»Wie war die Arbeit?«

»Ganz gut. Ich werde wieder hingehen«, sagt Giorgos und weiß, dass Mikis nicht so viel von Arbeit hält.

»Warte ich komme zu dir!« ruft Mikis und steigt in ein paar Sandalen die im Eingang standen. Mikis hat nicht gerade den Fleiß für sich entdeckt. Das Geld würde seiner Familie auch gut tun. Aber er hat noch Geschwister, die alle in der Silbermine und am Hafen arbeiten. Er braucht Zeit zum Arbeiten, sagt er. Und die Zeit hat er einfach nicht.

Er hat die Sandalen seines Bruders Kostas an, welcher ihm noch hinterher ruft, er solle seine eigenen nehmen.

Die beiden begrüßen sich mit einem Handschlag und Mikis klopft dabei Giorgos auf die Schulter.

»Erzähl doch mal. Was ist denn so los dort bei deiner Arbeit? Was musst du denn so machen?« Mikis ist neugierig.

»Es ist ganz in Ordnung. Ich muss einfach nur ein paar Sachen auf die Maschine stellen und dann geht alles von alleine. Du solltest auch mal nachfragen«, sagt Giorgos und glaubt nicht wirklich, dass Mikis das tun würde.

»Nein, du. Das geht nicht. Dann komme ich erst spät am Abendheim. Da hab ich ja für gar nichts mehr Zeit. Das ist echt nicht mein Ding«, sagt dieser und grinst dabei. Giorgos schüttelt den Kopf. Die beiden gehen ein paar Schritte.

»Und wie sind die Mädchen so? Ich sehe immer welche am Abend aus der Richtung kommen, während ich im Hof sitze. – Die müssen von dort kommen. Es gibt nichts anderes in der Nähe.«

»Ja. Ein paar hab ich schon gesehen«, sagt Giorgos.

»Und? Erzähl jetzt, Mann. Mach es nicht so spannend.«

»Nichts, Mikis. Keine Ahnung. Hab sie mir nicht so genau angesehen.«

Mikis sieht Giorgos ungläubig an und schüttelt nun selbst den Kopf.

»Du wirst sehen. Dort kannst du eine finden. Und dann stellst du mir ihre Freundin vor und wir gehen mal zu viert nach Thorikou. Ganz schick, mit allem, was dazugehört.«

»Du fängst jetzt an zu fantasieren. Du kannst ein Mädchen nicht beeindrucken, weil du aus Laurion kommst. Sieh dich doch mal um. Das kann ich keiner Frau verdenken, dass sie jemanden von hier nicht mal ansieht. Was kannst du bieten? Oder ich?« Giorgos ist pessimistisch.– »Du musst arbeiten, Mikis. Du kannst eine Frau nicht mal auf einen Kaffee einladen.«

»Ich nehme sie mit zu mir. Bei uns kostet der Kaffee nichts.« Mikis lacht dabei.

»Ja, genau. Deine Mutter wird sich freuen!« Giorgos lacht. –»Eines Tages, Mikis. Eines Tages hab ich Geld. Dann baue ich unser Haus neu und mache es größer für Sotis und mich und vielleicht für eine Frau. Mit mehr Zimmern und Türen, große Fenster.«

»Jetzt fantasierst du aber, Giorgos«, sagt Mikis und lächelt zu den Mädchen rüber, die an einem Hoftor stehen. – »Hey. Was macht ihr denn heute?« Mikis flirtet mit den Dorfmädchen, die niemals mit ihm ausgehen würden. Die Mädchen lachen und unterhalten sich weiter.

Mikis legt die Hand auf Giorgos' Schulter.

»Vielleicht eines Tages. Wir werden sehen.«

»Ja«, sagt Giorgos. –»Mal sehen.« Die beiden gehen noch einige Schritte, dann kehren sie um. Sie verabschieden sich und Giorgos geht weiter.

Als Giorgos heimkommt, hat sich Sotis hingelegt. Es geht ihm offenbar nicht gut. Giorgos legt sich einige Sachen für den nächsten Tag bereit. Ein frisches Shirt und eine neue Hose. Er ist richtig schmutzig geworden heute auf der Arbeit.

Hinter dem Haus haben die beiden eine Waschstelle hergerichtet. Eine Blechbadewanne, zwei große Schüsseln und zwei Eimer, in denen das Wasser aus dem Brunnen geschöpft wird.

Giorgos wäscht sich und kippt einige Tassen Wasser über seinen Kopf. Er geht in sein Zimmer und macht eine Kerze an. Diese hat er oft abends an, wenn er noch zeichnet. Er zeichnet noch ein bisschen und dann legt er sich schlafen.

Am nächsten Morgen kommt Sotis ins Zimmer, um Giorgos zu wecken. Dieser steht schon angezogen vor einem kleinen Spiegel, der an seiner Wand hängt.

»Du bist schon wach?« fragt Sotis.

»Na sicher. Ich muss ja auf die Arbeit.«

»Aber du hast ja noch Zeit. Und warum putzt du dich jetzt so raus?« Sotis wundert sich, dass Giorgos ein Hemd anhat. – »Das wird doch alles schmutzig.«

»Nein, Onkel. Ich zieh mich dort um. Alle ziehen sich um. Sie haben Arbeitskleidung und die normalen Sachen.«

Giorgos möchte einfach dazugehören und natürlich nicht in seiner schmutzigen Kleidung hingehen. Sich möglichst integrieren. Alle ziehen sich auf der Arbeit um. Sotis geht und bereitet etwas zu essen.

Giorgos nimmt sich zwei kleine Brote vom Tisch und will hinauslaufen.

»Hey, was ist denn los? Setz dich doch hin wie anständige Leute.« Sotis ist verblüfft.

»Keine Zeit, Onkel. Ich muss los. Ich esse unterwegs.« Und schon ist Giorgos draußen. Wenn die Sonne aufgeht, ist es auf den Feldern am schönsten. Giorgos geht mit leichtem Schritt seinen Weg zur Arbeit.

Immer wieder bleibt er unterwegs kurz stehen und betrachtet seine Umgebung. Giorgos strahlt eine Freude aus, die alles positiv erscheinen lässt. Er pfeift und reißt ab und zu einen Grashalm vom Wegesrand und spielt damit. Wenn die ersten Sonnenstrahlen sein Gesicht berühren, fühlt sich Giorgos so richtig lebendig. Beim Militär war ihm die Nachtwache am liebsten, weil er dann immer den Sonnenaufgang sehen konnte.

Der Geruch der Felder auf dem Weg zur Arbeit erinnert Giorgos an seine Kindheit, an die Zeit, als seine Eltern noch lebten. Sie waren oft in der Natur gewesen.

Giorgos ist der erste auf dem Hof heute. Die Tore sind schon offen. Er setzt sich auf den alten Baumstamm und sieht einfach in die Ferne über die Olivenbäume. Er genießt die Ruhe und die Aussicht.

Nach und nach kommen die ersten Arbeiter und rauchen noch in aller Ruhe eine Zigarette auf dem Hof.

»Die anderen vor dir kamen nichtmehr. Ich bin überrascht, dass du da bist«, stellt sich auf dem Fabrikhof das junge Mädchen vor Giorgos, das gestern an ihrem Fahrrad gestanden und sich von ihm verabschiedet hatte.

»Ich bin Eolina. Willkommen. Du wirst sehen, wir sind alle nett hier. Naja, mehr oder weniger. Nur die Jungs hier, die spinnen«, sagt sie und lächelt Giorgos mit einem bezaubernden Lächeln an. Er ist wie hypnotisiert. Eolina sah im Morgenlicht atemberaubend aus.

»Ich bi.. bi.. bin Giorgos«, stottert er leise vor sich hin. –»Ich bin Giorgos«, wiederholt er jetzt mit klarer Stimme.

»Ich weiß«, erwidert Eolina lächelnd, dreht sich um und geht zu ihren Freundinnen, die das Gespräch beobachtet hatten. Giorgos sieht ihr noch ein bisschen nach.

Er blickt rüber zu Antonis und Theo, die am Aschenbecher stehen. Die beiden schütteln nur den Kopf und lächeln.

Es läutet. Die Leute gehen hinein.

Als Giorgos sich an das Band stellt, kommt Theo ein Stück näher.

»Du solltest besser nicht mit den Mädchen hier flirten. Zumindest mit Eolina nicht«, rät Theo und von ihm klingt es fast wie eine Warnung. –»Ihr Vater ist im Stadtrat von Athen. Also keine Chance für einen Normalsterblichen wie dir. Ich habe gehört, sie ist wohl in ihrer Schule aufgefallen und dass ihr Vater sie deswegen zu Ihrer Tante nach Thorikou gebracht hat. Nun muss sie den ganzen Sommer hier arbeiten.«

Giorgos ist ganz ungläubig.

»Glaub mir, Giorgos, die wird uns hier alle vergessen haben, sobald sie wieder von Papi im schicken Auto nach den Ferien abgeholt wird«, fügt Theo hinzu.

Giorgos ist sehr enttäuscht und macht seine Arbeit weiter. In der Pause, als er auf seinem Stamm sitzt, nähert sich Eolina.

»Stör ich?« fragt sie mit einer engelsgleichen Stimme.

Giorgos will abweisend reagieren. Aber das schafft er nicht. *Wozu mit jemandem anfreunden, der aus einer ganz anderen Welt kommt? Eine Welt in der die Eltern einflussreich sind.* Giorgos könnte seine Arbeit verlieren, wenn er sich jetzt mit der Stadtratstochter abgibt.

»Nein. Du störst nicht.« Eolina setzt sich auch auf den Stamm. Zwischen die beiden könnten noch zwei weitere Personen passen. So weit sitzen sie auseinander.

»Ich sehe, dass du immer etwas zeichnest. Was zeichnest du denn so?« Giorgos sieht sie nicht an, als er antwortet.

»Alles Mögliche, das so in meinem Kopf ist. Was ich mal gesehen habe oder was ich mir so vorstelle.«

»Darf ich etwas davon sehen?«, fragt Eolina.

»Nein. Tut mir leid. Ich zeige das keinem. Ist dein Vater wirklich im Stadtrat von Athen? Ich meine, so ein echter Politiker?«

»Du wurdest also schon aufgeklärt, was?« Eolina klingt leicht angenervt.

»Ich frage nur, weil ich nicht verstehe, warum du überhaupt hier bist und dich mit uns oder mir abgibst.« Giorgos sieht sie an. – »Für mich ist das hier kein Ferienjob. Ich muss davon leben, und zwar nicht alleine. Ich will nur keinen Ärger bekommen.« Eolina ist verblüfft über seine Reaktion.

»Ich wollte mich doch nur Unterhalten. Du schienst nett zu sein. Du bist wohl doch ein Vollidiot wie die anderen hier. Entschuldige, dass ich dich belästigt habe.« Eolina steht auf und geht hinein. Alle sehen auf Giorgos. Er fühlt sich schlecht. Aber er hat auch Angst, seine Arbeit wieder zu verlieren, wenn er Ärger macht. Und Eolina klingt für ihn sehr nach Ärger.

Die Pause ist vorbei. Alle gehen hinein.

Theo fängt Giorgos an der Türe ab.

»Verärgere sie bloß nicht, Giorgos. Wenn du wegen ihr Ärger bekommst, verlierst du vielleicht deine Arbeit.«

»Ja. Ja. Ich weiß«, antwortet Giorgos.

Diesmal geht die Zeit besonders langsam um. Giorgos denkt die ganze Zeit an Eolina und fragt sich, ob er nicht zu schroff gewesen ist. Er versucht sich die Welt vorzustellen, in der sie sonst lebt. Das Gefühl, dass es nicht die gleiche Welt wie seine ist, fühlt sich nicht gut an. Er hätte sich gerne ab und zu mit Eolina in den Pausen unterhalten wollen.

Sie kam in den folgenden Pausen nicht zu ihm und er hat ein schlechtes Gewissen.

Als er nach Hause gehen möchte sieht er Eolina an ihrem Fahrrad, wie sie versucht den Reifen aufzupumpen.

Giorgos zögert, aber geht dann doch in ihre Richtung.

»Brauchst du Hilfe?«, ruft er zu ihr rüber.

»Denkst du nicht, du könntest deinen Job verlieren, wenn du mit mir redest?«, antwortet Eolina hämisch.

»Ach Unsinn. Da ist ja nichts dabei, wenn ich dir helfe.«

»Es ist auch nichts dabei, wenn du dich mit mir unterhältst«, erwidert Eolina.

»Ich möchte mich entschuldigen für mein Verhalten heute in der Pause«, sagt Giorgos mit reumütiger Stimme. – »Ich brauche diese Arbeit so sehr, dass ich total vorsichtig sein möchte.«

»Ich werde deine Arbeit nicht gefährden«, sagt Eolina und blickt ihn dabei an. – »Hilfst du mir nun, oder was?« Giorgos schnappt sich die Pumpe und pumpt. Es scheint nicht zu klappen.

»Du musst leider schieben. Aber ich werde dein Fahrrad gerne schieben«, bietet Giorgos hilfsbereit an. Und schon gehen die beiden vom Hof, das Fahrrad zwischen ihnen, und Giorgos schiebt.

»Haben wir denn denselben Weg?«, fragt ihn Eolina während sie weiter nach vorne blickt.

»Ja. Also ziemlich. Ich gehe gerne spazieren. Das ist in Ordnung«, antwortet Giorgos ohne sie anzusehen. Er blickt ebenfalls weiter nach vorne.

Eolina fährt durch Laurion denselben Weg entlang, den Giorgos läuft. Giorgos zeigt ihr die Stellen auf dem Weg, die sonst keinem auffallen, wenn man nicht genau hinsieht. Eolina ist sehr angetan von Giorgos' Art, die Dinge zu sehen. Die beiden unterhalten sich anfangs recht zögerlich. Während sie den staubigen Weg entlanggehen, tauen sie auf, und so erfährt Giorgos viel über das Leben in Athen, Eolinas Schule und ihren Vater.

Giorgos erzählt wenig von sich.

»Und da wohnst du?«, fragt Eolina und blickt dabei auf das kleine Häuschen am Ortsrand. Die beiden stehen vor Giorgos' Haus.

»Ja.« Giorgos ist es gerade etwas unangenehm, wenn er sich vorstellt, wie wohl Eolinas Zuhause aussehen könnte.

»Und du wohnst mit deiner Frau hier?«, fragt Eolina, während sie Helena Martakis aus Sotis Haus kommen sieht.

»Was? Wieso Frau? – Das ist Helena. Sie ist die Tochter vom Doktor. Sie bringen ab und zu Medikamente und untersuchen meinen Onkel«, antwortet Giorgos sehr schnell.

»Du sagtest, du brauchst den Job in der Fabrik nicht nur für dich alleine.«

»Ich wohne mit meinem Onkel hier.«

»Achso.« Eolina wirkt erleichtert.

»Ihr habt bestimmt ein Riesenhaus mit Hof, und ein Auto habt ihr bestimmt auch?«, fügt Giorgos hinzu.

»Ja, mein Vater verdient gut.«

»Dann verstehe ich nicht, warum er dich in der Fabrik arbeiten lässt.«

»Ich wurde in der Schule beim Rauchen erwischt. Jetzt muss ich die Ferien durchschuften.«

»Aber du rauchst doch gar nicht. Zumindest habe ich dich nicht gesehen.«

»Naja, die anderen Mädchen aus der Schule haben mir auch eine angeboten.«

»Verstehe.«

»Giorgos!« ruft Sotis aus der Eingangstüre.

»Ich komme, Onkel«, ruft Giorgos sichtlich nervös zurück.

»Wer ist denn die junge Dame?« Sotis ist nähergekommen und steht nun vor den beiden. Giorgos ist etwas sprachlos.

»Eolina.« Sie stellt sich selbst vor.

»Also, Giorgos hat mir gar nicht erzählt, dass er mit solch hübschen Geschöpfen arbeitet«, sagt Sotis, während er zu Giorgos schaut.

»Onkel!« Giorgos rollt die Augen.

»Ähm, ja, also, ich muss rein, muss noch das Essen fertigmachen. Es hat mich sehr gefreut, Eolina.« Sotis geht zurück zur Haustür. – »Wollen Sie mit uns zu Abend essen? Ich habe Keftédes gemacht. Die besten Hackfleischbällchen weit und breit. Stimmt's, Giorgos?«

»Vielen Dank. Aber ich bin schon spät dran. Ein andermal sehr gerne.« Eolina lächelt Giorgos an.

»Ach ja, mein Onkel.« Giorgos sieht ihm hinterher.

»Soll ich dich morgen hier abholen? Wir können dann zusammen zur Fabrik gehen, wenn du keine Angst hast«, fragt Eolina und schaut dabei auf ihr Fahrrad.

»Pff, ich habe doch keine Angst.« Giorgos blickt verschämt zu Boden. »Ich wollte dich doch nach Hause bringen. Du hast ja noch ein Stück vor dir.«

»Ich weiß, aber was meine Tante angeht, solltest du wirklich Angst haben. Sie ist ein übler Knochen. Ich bin doch bald daheim. Ich komme morgen und hole dich ab. Guten Abend, Giorgos.«

Die beiden verabreden sich für den nächsten Morgen. Und Giorgos lässt sie den Rest des Heimwegs alleine gehen.

Er sieht ihr noch eine Weile nach. An Mikis Hauseingang entdeckt er diesen mit Helena, der Tochter von Dr. Martakis, die eben erst Sotis untersucht hatte. Mikis hat sie wohl unterwegs abgefangen und flirtet, was das Zeug hält. Giorgos winkt ihm kurz zu und geht ins Haus.

An diesem Abend kann Giorgos nicht einschlafen. Eolina geht im nicht aus dem Kopf. Ihre Augen, ihr Mund, wenn sie schweigt, ihre Stimme, wenn sie spricht. Ihre dunklen langen Haare. Giorgos beginnt ihr Gesicht auf seinem Block zu zeichnen. Beim Zeichnen kann er am besten entspannen.

»Guten Morgen!«
Die Engelsstimme, auf die Giorgos sehnsüchtig gewartet hat, klingt plötzlich vor dem Haus. Eolina begrüße Sotis, während Giorgos sich hinter dem Haus

wäscht. Als er sein T-Shirt über den Kopf zieht, entdeckt er Eolina, die ihn mustert, während sie um die Ecke zu ihm sieht. Die Sonne ist noch nicht aufgegangen, dennoch kann er ihren Schatten wahrnehmen.

»Oh, Entschuldigung«, fühlt sich diese ertappt und errötet sofort. Giorgos lächelt.

»Guten Morgen. Wir können sofort losgehen.« Giorgos schnappt sich seine Tasche und verabschiedet sich von Sotis.

Als sich beide auf den Weg machen, reden sie zunächst nicht. Eolina ist ohne Fahrrad gekommen.

»Mein Onkel kümmert sich um mein Fahrrad«, erzählt sie Giorgos.

»Komm, ich zeig dir was«, sagt Giorgos und geht voraus durchs Gestrüpp einen felsigen Weg hinab. – »Das hast du noch nie gesehen. Zumindest nicht in Athen. Da bin ich sicher«, ruft er noch nach hinten Eolina zu, während er voraus rennt. Sie eilt ihm verwundert hinterher. Es ist wie ein kleiner Aussichtsplatz, von welchem man das Meer sieht. Der Hafen, der gerade aufwendig ausgebaut wird, ist ganz hinten zu sehen.

»Setz dich genau hier hin.«

Giorgos nimmt Eolinas Hand. Sie schaut auf seine Hand und setzt sich auf einen Stein nahe am Abgrund der Klippe. »Keine Angst, ich pass auf. Mach deine Augen zu.«

Eolina lächelt und schließt ihre Augen. Giorgos betrachtet einen Moment lang ihr Gesicht.

»Dreh deinen Kopf nach links. Moment. Gleich geht's los. – Jetzt. Öffne die Augen.« Erst jetzt lässt er ihre Hand los.

Eolina spürt die Sonne auf ihrem Gesicht, obwohl sie im Schatten sitzt.

Als Sie die Augen öffnen, stellt sie fest, dass sie im Schatten einer Felsspitze sitzt, welche aus dem Meer herausragt. Kurz nach Sonnenaufgang scheint die Sonne durch einen kleinen Felsspalt genau auf das Gesicht, wenn man auf dem Stein sitzt. Eolina ist fasziniert und verzaubert zugleich. Einen Moment genießt sie die Wärme und das Licht auf ihrer Haut. Giorgos nutzt die Gelegenheit und mustert sie, während sie ihre Augen geschlossen hält.

»Das ist wirklich schön. Woher wusstest du das? Wie hast du das rausgefunden?« Sie sieht ihn an und ertappt ihn dabei, wie er sie beäugt.

Giorgos erfreut sich an Eolinas Freude.

»Ich bin oft hier. Sehr oft. Du musst den kurzen Moment des Sonnenaufgangs vollkommen ausnutzen. Tief einatmen, das Meer vor dir und die Felder hinter dir. Die Sonne im Gesicht, und dann beginnen die Vögel alle gleichzeitig zu zwitschern. Das ist ein Moment, der ewig andauert.«

Eolina bedankt sich, dass Giorgos ihr diesen Platz gezeigt hat. Sie bleiben noch kurz sitzen und gehen dann weiter.

Eolina erzählt Giorgos von Athen und von den Bahngleisen, die seit kurzem gebaut werden. Giorgos ist fasziniert vom Stadtleben und der Entwicklung. Aus Laurion wandern die Menschen in den Westen Europas ab, um als Gastarbeiter in Westdeutschland oder Frankreich zu arbeiten.

Auch aus Laurion sind viele Menschen gegangen. Die Hafenarbeiter, die an der Erweiterung des Hafens arbeiten, kommen zum Großteil aus der Türkei.

Eolina und Giorgos verbringen nun ihre Pausen zusammen auf dem Baumstamm auf dem Hof. Sie erzählen und sie lachen. Die anderen beobachten sie allerdings mit gemischten Gefühlen, zumal sie Giorgos gewarnt hatten.

In den nächsten Tagen gehen Eolina und Giorgos zusammen zur Fabrik und kommen zusammen zurück.

Auf Fragen von Sotis antwortet Giorgos nur zögerlich.

»Ich bin doch nicht verliebt. Sie ist nur eine nette Freundin.«

Längst ist es nicht mehr so, doch Giorgos kann es nicht zugeben. Er möchte es nicht.

Die Schulferien enden bald. Was wird dann sein? Giorgos kommt nachts nicht zur Ruhe. Auf beinahe jedem seiner Zeichenblätter hat er Eolina gezeichnet.

»Giorgos? Bist du noch wach? Mikis ist hier«, ruft Sotis aus seinem Zimmer.

»Ich komme.« Giorgos eilt hinaus.

»Komm, wir gehen ein Stück«, sagt Mikis und die beiden gehen die Straße entlang.

»Ich bin mit Helena zusammen. Sie ist jetzt meine Freundin.« Mikis ist ganz stolz. – »Eine Arzttochter. Da sagst du nichts mehr!«

Giorgos schüttelt nur den Kopf.

»Und sie weiß auch, dass sie deine Freundin ist?«, fragt er Mikis lächelnd.

»Komm, lass uns mal in die Stadt gehen. Du, ich, Helena und Deine Eolina. Was meinst du?«

»Mikis. – Helenas Vater ist Arzt und Eolinas Vater ist Stadtrat. Was denkst du, können wir den beiden bieten? Und außerdem ist Eolina nicht meine Freundin«, sagt Giorgos.

»Weiß sie das?«, fragt Mikis. – »Für mich sieht das anders aus, aber wenn du meinst.«

»Diese Frauen wollen Spaß und Abwechslung. Tanz und Musik, Essen und Trinken, rauchen. Mann, Mikis, ich habe nichts und du auch nicht.« Giorgos ist frustriert. »Ich muss gehen, hab schließlich eine Arbeit.« Giorgos verabschiedet sich mit einem Schulterklopfen von Mikis. Mikis bleibt mit einem fragenden Gesichtsausdruck zurück.

Am nächsten Morgen ist Giorgos nachdenklich und redet wenig. Eolina wundert sich.

»Was hast du heute, Giorgos?«

»Nichts. Alles bestens.«

»Na gut. Wollen wir den Sonnenaufgang sehen?«, fragt sie und geht schon voran. Nimmt Giorgos dabei an der Hand.

Sie setzen sich beide auf den Stein und warten auf die Sonne. Beide schließen die Augen und warten auf die warmen Sonnenstrahlen. Ihre Gesichter sind sich ganz nah, damit beide etwas Sonne abzubekommen.

»Lass Deine Augen zu«, flüstert Eolina. – »Jetzt möchte ich dir etwas zeigen.«

Giorgos spürt die Wärme der Sonne nicht mehr im Gesicht. Eolina verdeckt diese. Er spürt, wie sie sich ihm nähert. Er riecht ihr Haar, das der Wind leicht in sein Gesicht legt. Sie legt eine Hand auf seine Wange. Giorgos spürt, wie sie immer näher kommt und schließlich ihre Lippen auf seine treffen. Giorgos fühlt Eolinas zitternde Hand auf seiner Wange, legt seine darüber und erwidert ihren Kuss.

Beide öffnen die Augen und Giorgos ist wie gelähmt. Eolina lächelt ihn an und hält dabei immernoch ihre Hand an seiner Wange und fühlt dabei sein männliches Gesicht.

»Das war schöner als alle Sonnenaufgänge, die ich erlebt habe«, flüstert Giorgos in ihr Ohr und berührt dabei ihren Nacken mit seinen Lippen.

»Ich weiß«, schmunzelt Eolina spaßig, nimmt seine Hand und springt auf. – »Komm schon, wir verspäten uns!«

Giorgos weiß nicht wohin das führt, aber er möchte es einfach zulassen. Eolina lächelt, sobald sie ihn in den Pausen erblickt.

Sie verbringen jeden Abend gemeinsam auf den Feldern oder in Giorgos' Zimmer. Giorgos begleitet sie bis an die Straßenecke ihrer Tante, bei der sie in den Ferien wohnt.

Sie küssen sich noch, bevor sie sich trennen und Giorgos sieht ihr nach, bis sie im Hof des großen Hauses verschwindet.

In den nächsten Tagen zeigt Giorgos Eolina seine geheimsten und schönsten Plätze, an denen noch niemand vor ihm war. Eolina kommt auch an den Wochenenden mit dem Fahrrad zu Giorgos. Die beiden machen sich einen kleinen Picknickkorb, nehmen eine kleine Decke und gehen in ihr schönstes Versteck.

»Sie ist so wunderbar«, denkt sich Giorgos, während Eolina die Decke auf dem weichen Gras ausbreitet. Die beiden legen sich auf die Decke und küssen sich leidenschaftlich. Eolina berührt Giorgos gerne. Er ist sehr kräftig, aber dennoch schlank und in seinen Armen fühlt sie sich behütet und geborgen.

Giorgos war noch nie mit einem Mädchen zusammen und fragte sich, ob Eolina mehr Erfahrungen hat als er.

»Warst du schon einmal mit einem Mädchen zusammen?«, fragt Eolina während sie ihren Kopf auf Giorgos' Brust legt und in den Himmel schaut.

»Nein. Also nicht so richtig. Du?«, erwidert Giorgos.

Eolina hebt ihren Kopf und sieht Giorgos in die Augen. »Ich wollte einfach ein gutes Gefühl haben, mich zu einem Mann hingezogen fühlen, und ich habe mich in dich verliebt, Giorgos. Ja, schon seit Wochen fühle ich so.«

Giorgos setzt sich aufrecht und nimmt ihre Hand.

»Ich habe mich schon am ersten Tag in dich verliebt. Ich hatte Angst, dass du anders empfinden würdest. Aber wenn du bei mir bist, dann ist die ganze Welt mit mir. Wenn ich deinen Duft wahrnehme, dann kann ich das Meer und die Wälder riechen, und wenn du mich berührst, dann berührst du mein Herz. Ich habe das so noch nie gefühlt und es gibt für vieles, was ich fühle, noch kein Wort, deswegen kann ich es nur umschreiben.«

Eolina ist gerührt und küsst Giorgos innig. Sie rutscht ein Stück auf der Decke zurück und blickt ihm tief in die Augen. Sie öffnet ihr weißes Kleid, welches vorne mit einem Band oberhalb der Brust mit einer kleinen Schleife gebunden ist.

»Bist du sicher?«, fragt Giorgos und Eolina nickt.

Sie streift ihr Kleid über die Schultern zur Hüfte herab. Giorgos rutscht näher zu ihr. Er kann dem Duft ihrer Haut nicht widerstehen.

»Hilf mir«, flüstert sie ihm zu, nimmt seine Hände und führt sie zum Verschluss Ihres BHs am Rücken. Giorgos küsst dabei ihren Hals leidenschaftlich. Er würde nie etwas tun, das sie verletzen könnte. Eolina zieht ihm das Shirt aus und die beiden legen sich auf die Decke nebeneinander und küssen sich dabei. Giorgos presst seinen Oberkörper an ihren und spürt ihre blanke Brust an seiner. Er liebkost ihren Hals und ihre Brust. Ihre Haut ist weich und glatt. Eolina wirkt zart und zerbrechlich. Sie zittert und ist sichtlich nervös. Giorgos geht es nicht anders. Immer wieder blickt er ihr in die Augen, um sicher zu sein, das Richtige zu tun.

»Lass es uns tun, Giorgos. Ich liebe dich«, haucht sie ihm zu.

Giorgos streift ihr das Kleid über den Hüften herab und betrachtet sie, wie sie im Höschen auf der Decke liegt. Er fühlt ihre glatten Beine, die sie leicht verschämt zusammenpresst. Immer wieder sieht er ihr in die Augen, um zu sehen, ob sie es auch möchte. Eolina blickt ihn an und lächelt dabei. Die Leidenschaft in ihren Augen ermuntert Giorgos, sie zärtlich zu streicheln und ihren Bauch zu küssen. Als er sich mit den Lippen ihrem Höschen nähert, hebt Eolina seinen Kopf hoch und Giorgos geht verunsichert zurück. Eolina lächelt ihn an und streift dabei ihr Höschen ab. Sie zieht Giorgos zu sich und öffnet ihm die Hose. In diesem Moment sind sich beide so nah, wie sich

Menschen nicht näher sein können. Eolinas Atem wird schwer und ihre Umarmungen immer fester.

Sie verbringen ihr erstes Mal miteinander auf einer kleinen Wiese, bei untergehender Sonne. Einem wunderschönen Versteck, das Giorgos noch nie jemandem gezeigt hat. *»Es hätte keinen besondereren Ort geben können«,* denkt er sich während Eolina auf seiner Brust eingeschlafen ist. Er deckt sie zu und küsst sie sanft auf die Stirn. Hält ihre Hand und beobachtet ihre schönen Fingernägel und ihre glatte Haut.

Es sind wunderbare Tage, die die beiden miteinander verbringen. Die Felder und Wiesen an den Klippen weit hinter den Häusern sind ihnen auch am liebsten. Beinahe jede freie Minute verbringen die beiden auf und unter der Decke in ihrem Versteck. Auf der Arbeit haben sich mittlerweile alle damit abgefunden, dass die beiden zueinander gehören.

Auch Sotis freut sich, dass Giorgos jemanden gefunden hat, mit dem er so viel teilen kann. Eolina ist ganz oft zum Essen bei ihnen und auch vor der Arbeit kommt sie so früh, um noch zusammen mit Giorgos frühstücken zu können.

»Das ist meine Lieblingsspeise. Mmmhhhh.« Eolina springt auf, als sie aus Giorgos' Zimmer einen süßlichen Geruch wahrnimmt.

»Hey, ich zeichne dich gerade.« Giorgos hatte Eolina auf seinem Bett platziert, um sie zu zeichnen.

»Es tut mir Leid, Liebster. Aber es gibt da noch etwas außer dir, dem ich nicht widerstehen kann. Lukumádes«, ruft sie ihm zu, während sie die Decke an der Türe aufreißt und sich zu Sotis gesellt.

Sotis hat die Teigbällchen früher immer für Giorgos in Öl gebacken. Giorgos hängen diese schon zum Hals heraus.

Sie werden mit Sirup oder Honig übergossen und am besten noch warm gegessen. Eolina sitzt schon am Tisch und beißt gerade in ihr erstes Teigbällchen.

Giorgos lehnt im Türrahmen und betrachtet sie. Sie blickt ihn mit großen Augen an.

»Komm. Die schmecken fantastisch. Ich liebe Lukamádes. Und dich natürlich auch.« Sie wirft Giorgos einen Luftkuss zu. – »Vielleicht sollten wir dich auch mal mit Honig übergießen. Wer weiß? «

Sotis steht am Ofen und schüttelt den Kopf. Giorgos schmunzelt.

Eolina war an diesem Abend noch ganz euphorisch und voller Freude. Am nächsten Morgen wirkt sie still und gehemmt.

»Ist etwas mit dir?«, fragt Giorgos auf dem Weg zur Fabrik.

»Mach dir keine Sorgen, mein Liebster. Meine Tante hat dich einige Male gesehen, als du mich begleitet hast, und offensichtlich reden die Nachbarn auch. Ich musste mir gestern eine richtige Moralpredigt anhören. Ich bin erst 17, was werden meine Eltern sagen, bla bla bla. Du kennst das ja bestimmt.«

»Nein, Eolina. Das kenne ich nicht. Aber Bedenken hatte ich immer«, erwidert Giorgos. Er steht ihr dabei gegenüber und hält ihre Hände.

»Wir treffen uns heimlich. Ich werde dich immer sehen, wann du und ich es wollen. Ich liebe dich«, macht Eolina ihm Hoffnung. Giorgos scheint erleichtert, dass sie ihn nicht aufgeben möchte. Bedenken hatte er die ganze Zeit schon. »Ich liebe dich auch«, erwidert er.

Die Beiden treffen sich in den nächsten Tagen heimlich und Giorgos begleitet Eolina nur noch bis zum Stadtrand von Thorikou.

Als die beiden an einem Nachmittag zusammen von der Fabrik kommen, verlässt Eolinas Tante gerade Giorgos' Haus und wirkt wütend. Die beiden verstecken sich, bis sie nicht mehr zu sehen ist.

Eolinas Tante hat Sotis aufgefordert Giorgos zurechtzuweisen.

»Ich kann das nicht entscheiden, Kinder. Das müsst ihr so machen, wie ihr es für richtig haltet«, sagt Sotis, während Eolina und Giorgos das Abendessen vorbereiten. Sotis sitzt nachdenklich am Tisch.

»Danke, Onkel. Du bist der beste«, freut sich Giorgos, dass er keine klugen Ratschläge befolgen muss.

Giorgos begleitet am Abend Eolina zum Stadtrand. Sotis wartet auf ihn.

»Du wirst deine Arbeit verlieren, wenn du Eolina weiterhin triffst.«

»Was? Onkel! Wieso sagst du das?« Giorgos ist verwundert.

»Ihre Tante kennt Herrn Topalidis, deinen Chef, und hat gedroht dich rauswerfen zu lassen. Ich wollte es nicht sagen, als Eolina da war.« Sotis macht sich Sorgen.

Giorgos ist wütend und ratlos. Er geht in sein Zimmer. Die Decke an seiner Wand hängt an einem Nagel herab. Dahinter hat er über Wochen mit einem Nagel ein riesiges Gesicht von Eolina in die Wand gekratzt.

»Du hast sie wirklich gut gezeichnet Giorgos. Komm, lass uns reden«, flüstert Sotis, als er im Türrahmen steht.

Die Beiden Unterhalten sich noch bis spät in die Nacht. Giorgos möchte am Morgen mit Eolina reden.

An diesem Morgen erscheint sie nicht. Er wartet und schließlich macht er sich ohne sie auf den Weg zur Fabrik.

»Sie soll wieder nach Athen zurücksein. Zumindest hört man das hier so. Tut mir echt leid, Giorgos. Vielleicht in den nächsten Ferien wieder«, sagt Theo, während er ihm auf die Schulter klopft und sich in der Pause neben ihn auf den alten Baumstamm setzt.

»Meine Güte, Theo. Wir leben doch nicht im Mittelalter. Die Ferien sind noch nicht vorbei. Das war ihre Tante, die alte Hexe«, erwidert Giorgos.

»Sei froh, dass du die Arbeit behalten hast. So schnell bekommst du hier nichts anderes.«

»Ich weiß. Ich weiß.«

Giorgos würde ihr gerne Briefe schreiben, sie sehen. Er vermisst Eolina so sehr, dass er kurz vor der Verzweiflung steht. Abends sitzt er lange wach in seinem Zimmer und grübelt.

Nach einer Woche sind eines Abends Dr. Martakis und dessen Tochter Helena da und unterhalten sich mit Sotis.

»Der Nächste, bitte!«, ruft Helena aus Sotis' Zimmer, und meint damit Giorgos. Er muss auch regelmäßig wegen der Pulmonal Stenose, seines angeborenen Herzfehlers, untersucht werden.

»Ja, ja. Ich komm ja schon.«

»Also, dein Onkel wird noch 100 Jahre alt«, sagt Dr. Martakis während Giorgos sich auf das Bett von Sotis setzt.

»Ich kann dir ihre Adresse in Athen besorgen. Wenn du willst«, flüstert Helena in Giorgos' Ohr, während sie ihn mit dem Stethoskop abhört.

»Ehrlich! Wie willst du das machen?« Giorgos' Herz schlägt schneller.

»Ganz langsam, du wilder Hengst. Du kriegst sonst einen Herzinfarkt. Daran will ich nicht schuld sein.« Helena lächelt.

»Das wäre echt klasse. Ich wäre dir sehr dankbar dafür.«

»Und? Wie steht's um den Kerl?«, fragt Dr. Marta-kis.

»Also, 100 Jahre kann ich nicht garantieren. Sein Herz darf nicht zu sehr in Wallung geraten. Da müssen wir schon Acht geben.« Helena und Sotis lachen.

»Sehr witzig. Sind wir fertig?« Giorgos zieht sein T-Shirt wieder runter.

Helena und Dr. Martakis verabschieden sich und Helena zwinkert Giorgos zum Abschied zu.

Giorgos hat Hoffnung. Er würde Eolina tausend Briefe schreiben. Sie vielleicht sogar besuchen. Er schnappt sich in seinem Zimmer ein leeres Blatt und zeichnet.

Es dauert drei Tage, bis er Helena wiedersieht. Giorgos war die vergangenen Tage sehr ungeduldig. Sie gehen in Giorgos' Zimmer.

»Also, du schuldest mir wirklich was. Ihre Tante ist echt eine Schreckschraube. Aber ihr Onkel war etwas netter. Hab gesagt, ich möchte Eolina einige Sachen von der Arbeit nachschicken.« Helena reicht Giorgos einen gefalteten Zettel.

»Du bist echt toll, Helena. Hoffe, Mikis weiß seine Freundin zu schätzen.« Giorgos nimmt den Zettel und steckt ihn in seine Hosentasche.

»Das hoffe ich auch. – Also dann, Giorgos. Viel Glück. Ich bin dann mal bei Mikis. Bis dann.«

Giorgos umarmt Helena und bedankt sich.

Sotis kommt kurz darauf hinein.

»Sag, geht's dir nicht gut? Ich sah, wie Helena das Haus verließ.«

»Nein, Onkel. Alles bestens. Ich kann nun Eolina einen Brief schreiben. Ich habe ihre Adresse von Helena bekommen.«

»Achso. Na dann. Richte ihr bitte liebe Grüße von mir aus.«

»Ja, ja. Mach ich.« Giorgos macht das Radio an und setzt sich auf sein Bett. – »Oh je. Was schreib ich ihr denn alles? Wo fange ich an?«

Liebe Eolina,

ich denke die ganze Zeit an Dich und vermisse Dich so sehr. Du kannst Dir das nicht vorstellen wie weh es tat, als Du weg warst. Wie kam es dazu? Hast Du Schwierigkeiten bekommen mit Deiner Tante? Ich schaffe es nicht mehr zu essen und auch nicht zu schlafen. Die Arbeit macht mir keinen Spaß mehr ohne Dich. Helena war so nett, mir Deine Adresse zu besorgen. Ich hätte Dir sonst nicht einmal schreiben können. Ich muss Dich wiedersehen und hoffe, dass Du genauso an mich denkst. Es ist nicht fair, dass unsere Zeit in Laurion so schnell beendet wurde. Die Ferien gehen erst jetzt zu Ende. Wirst Du in den nächsten Ferien wieder kommen? Machen Dir Deine Eltern wegen mir Schwierigkeiten? Ich möchte Dich bei mir haben. Ich möchte mit Dir den Sonnenauf-

gang ansehen. Möchte Deine Hand halten, Deine Haut fühlen, Dein Haar riechen und mich von Deinen wunderschönen Augen blenden lassen. Ich werde Dir jeden Deiner Briefe beantworten. Wir werden so lange schreiben, bis wir uns wiedersehen. Du bist der wunderbarste Mensch, der mir in meinem Leben begegnet ist.

Ich warte voller Freude auf Deinen Brief.
Bitte lass mich nicht zu lange warten. Ich halte es kaum aus ohne Nachricht von Dir.
Bis Bald.

In Liebe
Giorgos

Giorgos legt noch eine Zeichnung von Helena im Sonnenaufgang in den Brief hinein, bevor er diesen verschließt und zur Poststation geht.

Es vergehen fünfzehn Tage, bis der erste Brief aus Athen kommt.

»Giorgos. Komm schnell«, ruft Sotis, der draußen am Hoftor steht.

»Sieh mal, was ich hier habe, mein Junge.«

»Oh Onkel. Ich wusste es. Sie liebt mich.« Giorgos reißt den Brief aus Sotis' Hand und rennt die Straße hinauf. Er geht zu dem Versteck, wo Eolina und er sich zum ersten Mal liebten. Er setzt sich auf den

45

Stein, auf dem sie immer den Sonnenaufgang beo-
bachteten.

Lieber Giorgos,

*mein liebster Schatz auf dieser Welt. Wie sehr ich
mich über Deinen Brief gefreut habe, kannst Du Dir
nicht vorstellen. Ich lese ihn jeden Tag, bevor ich
schlafen gehe und träume dann von Dir. Es tut mir
sehr leid, dass ich Dich verlassen musste, ohne mich
zu verabschieden. Das hat mir auch sehr wehgetan.
Meine Tante hat meine Eltern kommen lassen, die
mich zurück nach Athen geholt haben. Ich konnte
nichts dagegen tun. Ich werde einen Weg finden, um
zu Dir zu kommen. So bald wie möglich. Ich habe hier
in Athen Freunde mit einem Auto. Ich muss wegen
meinen Eltern aufpassen. Ich hoffe, Du verstehst das.
Ich kann nicht aufhören, an Dich zu denken, mein
Liebster. Ich vermisse Deine Stimme, Dein Haar zu
berühren, mit Deinen Augen die Welt zu sehen. Ach
ich vermisse alles, was wir zusammen erlebt haben.
Ich kann mich in der Schule nicht mehr richtig kon-
zentrieren und ich will an nichts anderes denken als
an Dich.*

*Du fehlst mir so sehr, dass es weh tut. Giorgos, bitte
hab Geduld, und Du wirst sehen, unsere Herzen finden zueinander. Du bist mein Traummann. Ich habe
Dir mein Herz geschenkt und verlange nichts dafür,
nur ein wenig Geduld.*

Ich liebe Dich, mein Schatz.
Bis Bald
Deine Eolina

Giorgos hat ein Lächeln im Gesicht und liest den Brief immer und immer wieder. Darauf hat er gewartet. Auf die Gewissheit, dass es Eolina genauso geht wie ihm.

Die beiden schreiben regelmäßig. Über Monate hinweg. Manchmal vergehen nur wenige Tage und manchmal mehr als zwei Wochen, bis eine Antwort kommt. Die Post in Griechenland ist nicht gerade ein Paradebeispiel für termingerechtes zustellen und im Winter schon gar nicht. Es gibt selten Schnee in Griechenland. Aber im Winter 1956/1957 schneit es zwischen Athen und Laurion so stark, dass Briefe bis zu vier Wochen unterwegs sind.

Kapitel 2

Giorgos hat schon ein ganzes Buch mit Zeichnungen von Eolina und in jeden Brief legt er ihr ein neues Bild hinein. Er hat alle Briefe von Eolina an die Wand geheftet, zusammen mit der Weihnachtskarte von ihr. Bis der nächste Brief von ihr kommt, liest er einfach die bisher erhaltenen Briefe noch einmal.

Kurz nach Sotis' Geburtstag im Februar erhält Giorgos einen recht dicken Brief von Eolina.

Lieber Giorgos,

es fällt mir nicht leicht, Dir diese Zeilen zu schreiben. Ich habe mir vorgenommen, immer ehrlich zu Dir zu sein. Deswegen halte ich es für fair, Dir zu gestehen, dass ich für uns beide keine Zukunft sehe. Wir hatten eine schöne Zeit in Laurion. Es ist nun mal so, dass wir uns seit über sechs Monaten nicht gesehen haben und ich in dieser Zeit feststelle, dass wir aus vollkommen verschiedenen Welten kommen. Ich lebe in Athen ein ganz anderes Leben als du in Laurion. Ich werde hier im Sommer mit dem Medizinstudium beginnen und es ist mein Wunsch Ärztin zu werden. Ich kann mich nicht durch ein kurzes Abenteuer von meinem Weg abbringen lassen. Ich bin gerne bei meiner Familie, so streng meine Eltern auch sind, sie möchten nur mein Bestes. Und mein Bestes ist ein erfolg-

reiches Studium und ein organisiertes Umfeld, in dem ich mich entwickeln kann. Sei mir bitte nicht böse, Giorgos. Es ist meine Entscheidung, die ich Dir hier schreibe. Meine Eltern wissen nicht, dass wir uns schreiben. Ich schicke Dir auch die Zeichnungen zurück, die Du gezeichnet hast. So kannst Du mich in Deinem Herzen tragen. Aber verschließe Dich nicht. Lebe Dein Leben. Verzeih mir bitte. Es tut mir auch sehr weh, das mit uns so zu beenden. Aber es ist das Richtige.

Ich bitte Dich, mir nicht mehr zu schreiben. Akzeptiere meine Entscheidung, wenn Dir wirklich was an mir liegt.

Ich wünsche Dir alles Gute.

Eolina

Giorgos versteht die Welt nicht mehr. Er glaubt einfach nicht, dass Eolina diesen Brief geschrieben haben soll.

»Was ist los, Mann?« Mikis flüstert Giorgos vom Balkon zu, der mit kleinen Steinen an Mikis Fenster wirft. »Weißt du, wie spät es ist?«

»Ja. Es ist Sieben Uhr abends. Liegst du im Bett, oder was? Komm schon runter.« Giorgos möchte mit Mikis über den Brief sprechen.

»Mann, Giorgos. Helena ist bei mir.« Mikis steht im Bademantel und Hausschlappen in der Haustüre.

»Tut mir echt leid. Eolina hat Schluss gemacht.« Giorgos hat Tränen in den Augen.

»Waaas? Das glaub ich nicht.« Mikis ist schwer verwundert.

»Hier. Lies selbst.« Giorgos gibt ihm den Brief. Die beiden gehen ein Stück zur Straße.

»Mann, Giorgos. Ich kann das nicht glauben. Ihre Eltern haben sie bestimmt bearbeitet, bis sie eingeknickt ist. Du solltest hinfahren.«

»Vergiss es, Mikis. Es ist vorbei. Ich hatte am Anfang immer Angst davor. Aber als sie mir sagte, dass sie mich liebt, hab ich alle Bedenken verworfen. Ich weiß nicht mehr weiter.«

»Was ist denn, Mikis?« ruft Helena von seinem Balkon zu ihm herunter. – »Hallo Giorgos!« ruft sie diesem zu, als sie ihn entdeckt.

»Hallo Helena. Entschuldige, dass ich gestört habe. Bin schon wieder weg.« Giorgos nimmt Mikis den Brief aus der Hand.

»Bleib doch.« erwidert Mikis. – »Und du, geh wieder rein, ich komm dann!«, ruft er genervt zu Helena.

»Vergiss es. Ich geh nach Hause. Du kannst dann machen, was du willst.«

Helena geht hinein und kurze Zeit darauf verlässt sie Mikis Haus und geht ohne ein Wort zu sagen an den beiden vorbei.

»Mann, Mikis. Tut mir leid, dass ich euch den Abend versaut habe.«

»Unseren Abend? – Ihren Abend. Die beruhigt sich wieder.« Mikis lacht nur.

»Ich könnte ein Auto organisieren und wir fahren mal nach Athen. Was sagst du?« bietet Mikis an.

»Nein. Ich muss das so hinnehmen. – Danke, Mikis. Ich geh dann mal.«

Giorgos steckt den Brief in seine Hosentasche und schüttelt Mikis die Hand.

»Wenn du mich brauchst, bin ich da. Das weißt du.«

»Ich weiß, Mikis. Danke.«

Als Giorgos Sotis davon erzählt, ist dieser nicht sonderlich überrascht.

»Es kann schon sein, dass sie zurück in Athen alles mit anderen Augen sieht und sich unsicher ist. Ihre Familie, ihre Freunde und Schulkollegen. Dort ist alles anders als hier. Sie hat ja bestimmt Pläne gehabt für die Zukunft, und solange sie hier war, waren diese nicht wichtig. Ich kann mir vorstellen, wie verletzend das für dich ist.«

»Ach Onkel. Einmal im Leben, nur ein einziges Mal, hatte ich das Gefühl, etwas zu tun, das richtig ist. Es hatte sich auch alles richtig angefühlt. – Ich geh schlafen.« Giorgos geht in sein Zimmer.

Als Sotis am nächsten Tag in Giorgos' Zimmer geht, um diesen zu wecken, ist Giorgos schon auf dem Weg zur Arbeit. Er hat sämtliche Zeichnungen von Eolina zerrissen und auf einem Haufen in einer Ecke des Zimmers gehäuft. An der Wand, an der er ein riesiges Bild von Eolina mit dem Nagel in die Wand geritzt hatte, hängt wieder der Webteppich, der vorher dort gehangen hat. Sotis hängt diesen ab und ist entsetzt. Giorgos hat die Augen seiner Zeichnung komplett zerkratzt. Ebenso den Mund. Das Bild sieht gespenstisch und Furchteinflößend aus.

»Oh mein Gott. Was kann ich tun?«, fragt sich Sotis.

Giorgos zieht sich immer mehr zurück. Er weigert sich, mit seinen Kollegen bei der Arbeit zu sprechen. Er arbeitet nur noch stumpf die Stunden ab. In den Pausen arbeitet er weiter und isst während der Arbeit auch nichts mehr. Das tut er auch nur noch wegen Sotis. Er hat auch aufgehört zu zeichnen. Er wirkt sehr ungepflegt und weigert sich, sich von Dr. Martakis oder dessen Tochter Helena untersuchen zu lassen.

Er reagiert auf jede Anrede aggressiv und selbst Mikis hat es nun sehr schwer mit ihm.

»Mann, Giorgos. Hör endlich auf damit. Wir haben dir nichts getan. Die Welt hat dir nichts getan. Und hör auf so unhöflich zu Helena zu sein.« Mikis steht im Türrahmen von Giorgos' Zimmer. Giorgos liegt auf dem Bett mit dem Gesicht zur Wand gedreht.

»Verschwinde. Schulde ich dir Geld oder was gibt's sonst für einen Grund, dass du da stehst?«

»Ich steh nur hier, weil wir Freunde sind. Verdammt, macht's mir nicht so schwer.« Mikis lässt den Türvorhang zufallen und geht.

»Tut mir leid Sotis, aber ich weiß auch nicht was ich tun soll. Vielleicht braucht er noch Zeit.«

Mikis verabschiedet sich draußen von Sotis.

»Zeit? Wie lange noch, Mikis? Schon über drei Monate ist er so und es wird nur schlimmer. Sieh ihn dir doch an.« Sotis sorgt sich.

Helena kommt Mikis entgegen.

»Hallo, Sotis!«, begrüßt sie diesen und gibt Mikis daraufhin einen Kuss. – »Komm, Mikis, dein Bruder fährt gleich los.«

»Hey, Sotis, mein Bruder Kostas fährt nach Westdeutschland als Gastarbeiter. Vielleicht fahr ich ja auch. – Oder lieber nicht. – War nur ein Scherz.« Mikis lacht, nimmt Helena an der Hand und beide gehen im schnellen Schritt zu Mikis Haus.

Giorgos sieht mittlerweile beängstigend aus. Unrasiert, ungewaschen und mit schmutziger Kleidung. Auf der Arbeit häufen sich die Beschwerden über ihn. Herr Remos hat schon einmal mit ihm gesprochen. Sogar Herr Topalidis hat ihn auf etwas mehr Pflege hingewiesen, da die Frauen Angst vor ihm bekommen. Von Giorgos kommt keine Antwort. Herr Topalidis hat vor einigen Tagen mit Sotis gesprochen.

Würde Giorgos nicht so fleißig sein und die Arbeit für zwei Arbeiter erledigen, wäre er schon längst rausgeflogen.

Schließlich, als die Arbeit in der Fabrik weniger wird, muss Giorgos gehen. In der Mine wird kaum noch Silber abgebaut und daher wird auch weniger Werkzeug und Material gebraucht. Ein weiterer Tiefschlag für ihn.

An einem Nachmittag im August sitzt Giorgos in seinem Zimmer auf dem Bett und starrt die Decke an. Stundenlang. Dr. Martakis und Helena sind da. Sie unterhalten sich in Sotis' Zimmer. Sie scherzen, sie lachen. Giorgos ist genervt.

Er legt sich auf den Rücken und starrt weiterhin die Zimmerdecke an. Einen Arm angewinkelt unter dem Kopf, den anderen Arm am Boden liegend. Da spürt er eine kleine feuchte Zunge die seine Hand ableckt.

»Hey, was … Verdammt.« Giorgos springt auf. Ein kleiner Mischlingswelpe mit hellbraunem Fell schaut ihn erwartungsvoll an.

»Was ist das denn…? – Hey, wem gehört denn der Köter?«, ruft Giorgos ins Nebenzimmer hinein.

»Entschuldige, Giorgos. Es tut mir leid. – Komm, Kleo. Wir gehen. Das ist ein böser Mann.« Helena schaut Giorgos dabei an, nimmt den kleinen Welpen in den Arm und verlässt das Zimmer.

»Pass auf, der frisst dir noch deinen Hund«, scherzt Sotis mit Helena.

Kurz darauf steht die kleine Kleo erneut vor Giorgos Bett und schaut ihn an. Wedelt dabei mit dem Schwanz.

»Was willst du? Verschwinde.« Giorgos schiebt die kleine Hündin mit dem Fuß in die Richtung der Türe. – »Helena! Hol endlich den Köter raus.«

»Ja gleich. Ich komm sofort«, ruft sie aus dem Nebenzimmer.

»Ich komm wieder, wenn der Zirkus hier vorbei ist.«

Giorgos zieht die Schuhe an, greift sich seine Weste und geht wütend aus dem Haus.

»Ich hab dir gesagt, nimm den Hund nicht mit«, sagt Dr. Martakis zu Helena.

»Der ist zu klein, um alleine zu bleiben. Außerdem muss er ab und zu raus. Ich bin den ganzen Tag in der Schule. Wann soll er sonst raus?« erwidert Helena.

»Ich sag dir eins, Sotis. Schaff dir keinen Hund an. Am Ende bin ich's, der sich um ihn kümmern darf. Oder?« Er schaut dabei zu seiner Tochter.

Giorgos verlässt den Hof und geht zu den Feldern, die er nur noch selten besucht. Es beginnt zu regnen. Er geht durch das Gestrüpp und landet an dem Stein, wo er früher mit Eolina saß. Er setzt sich und schaut auf das Meer hinaus. Der Regen lässt das Meer grau und kalt erscheinen. Giorgos blickt zu dem Felsspalt, durch den er früher die ersten Sonnenstrahlen des Tages genoss. Das alles zu sehen macht ihn wütend.

Er wirft ein paar kleine Steine über die Klippe ins Meer. Er blickt zum Himmel und lässt sich den Regen ins Gesicht prasseln.

Plötzlich spürt er eine warme weiche Berührung auf seinem Oberschenkel. Die kleine Kleo ist ihm nachgelaufen und sitzt nun auf seinem Schoß. Giorgos kann sich nicht überwinden bei diesem Regen und die dadurch entstandene Kälte den Hund wegzustoßen. Er öffnet seine Weste und schützt die kleine Kleo vor dem inzwischen starken Regen.

Er überwindet sich Kleo, zu streicheln, um ihr Zittern zu beenden. Er sitzt noch eine Weile da. Sieht selbst mit nassem Haar und nassem Vollbart schlimmer als ein nasser Hund aus. Er blickt zu Kleo und wieder aufs Meer.

»Du hast es gut. Du musst dir keine Gedanken um deine Zukunft machen. Lebst bei einem Arzt daheim. Besser kann's nicht werden für dich. Helena kümmert sich bestimmt ganz gut um dich. Und du wirst dich bestimmt nicht verlieben. Ein Hund kommt, ein Hund geht. Das juckt dich bestimmt nicht. Wir Menschen sind ganz schön kompliziert.«

Giorgos greift sich die kleine Hündin und trägt sie unter seiner Weste nach Hause.

Vor dem Haus stehen Helena, ihr Vater und Sotis suchend und ratlos.

»Oh Gott, Giorgos. Du hast sie. Wir haben schon überall gesucht.« Helena greift Kleo erleichtert. – »Danke. Vielen, vielen Dank.«

»Wir dachten schon, du hast sie verspeist«, scherzt Sotis.

»Sehr witzig. Ihr müsst besser aufpassen. Nächstes Mal bin ich vielleicht nicht so gut gelaunt.«

»Gut gelaunt? Also wenn das *gut gelaunt* ist, dann…«

Giorgos unterbricht Sotis. »Wieso nennst du sie überhaupt Kleo?« fragt er Helena.

»Findest du nicht, dass sie wie Kleopatra aussieht?«, antwortet diese.

»Das ist das Dümmste, das ich gehört habe.« Giorgos geht ins Haus.

Als Sotis am nächsten Tag zum Gottesdienst nach Thorikou gehen möchte, weckt er Giorgos, um sich zu verabschieden.

»Es wird Zeit, dass die endlich eine eigene Kirche in Laurion bauen. Das ist doch großer Mist, jeden Sonntag nach Thorikou zu gehen«, murmelt Giorgos im Halbschlaf.

Sotis schaut sich dabei in dessen Zimmer um und geht mit Bedenken hinaus. Kein einziges Bild hängt mehr an der Wand. Giorgos zeichnet nicht mehr, seit Eolina ihm den letzten Brief geschrieben hat.

Giorgos steht kurz danach auf und geht hinter das Haus. Er nimmt sein kleines Radio mit und legt es neben die Waschstelle, dreht es dabei ganz laut. Er wäscht sich das Gesicht und erschrickt über sein

Spiegelbild, welches er in einem alten Spiegel an der Hauswand erblickt.

Plötzlich bellt ihn die kleine Kleo an, die gerade ums Haus gerannt kommt.

»Na Klasse. Denk jetzt nicht, dass ich mich mit dir abgeben möchte. Wirklich nicht.« Giorgos blickt weiter in den Spiegel. »Ist dein Frauchen wieder bei Mikis, dem alten Tierhasser?«

Giorgos ignoriert Kleo eine Weile. Diese bleibt jedoch hartnäckig und wimmert ihn an.

»Mann, ey. Echt toll. – Na gut. Bleib bei mir solange dein Frauchen bei Mikis ist und leiste mir Gesellschaft.« Giorgos nimmt Kleo in den Arm und streichelt sie.

»Eine kleine Wäsche könntest du auch gebrauchen. Du riechst schon sehr streng, muss ich sagen.« Er spritzt sie mit Wasser an. Kleo springt ihm aus dem Arm und die beiden spielen eine Weile miteinander. Giorgos lächelt mal wieder. Seit langem hat er das nicht mehr getan.

»Hey! Mach meinem Hund keine Angst«, ruft Helena, die gerade mit Mikis vor Giorgos steht.

»Du meine Güte, Giorgos. Du machst mir auch Angst«, scherzt Mikis. – »Rasiere dich bitte mal. Du hast mehr Haare im Gesicht als der Hund am ganzen Körper.«

Giorgos blüht in Anwesenheit von Kleo auf und vergisst für eine Weile seinen Kummer.

»Und Ihr? Ihr seid gar nicht in der Kirche?« Giorgos weiß, dass Mikis so schnell nichts in die Kirche bringen wird.

»Wenn ich mal tot bin, Giorgos. Dann steht mein Sarg in der Kirche, vorher wird Mikis keiner in die Kirche bringen«, sagt Mikis und geht dabei ins Haus. – »Sotis ist in der Kirche, oder? Was ist denn in deinem Zimmer passiert?«, ruft er von drinnen durch das kleine Fenster.

»Komm raus«, ruft Helena. »Wir wollen doch spazieren gehen.«

»Tut mir leid, dass Kleo wieder ausgebüchst ist. Ich werde besser aufpassen«, entschuldigt sich Helena.

»Lasst doch Kleo bei mir. Ich hab sie noch nicht fertiggewaschen«, ruft Giorgos während er mit Kleo am Boden tollt.

Überrascht lassen die beiden Kleo bei Giorgos und gehen auf die Felder hinaus. Als Giorgos beginnt, die kleine Kleo mit Seife einzuschäumen, wehrt sich diese zu Beginn, jedoch lässt sie die Prozedur dann doch über sich ergehen. Giorgos hat wieder ein bisschen Freude und Glanz in den Augen. Er stellt sich vor den Spiegel und beginnt sich den Bart mit der Schere abzuschneiden. Er rasiert sich ganz glatt und richtet sich auch die Haare wieder zurecht. Er hat sich lange Zeit genug gehen lassen und sich im Selbstmitleid vergraben. Die kleine Kleo macht ihm Hoffnung auf bessere Zeiten. Sie gibt Freude, ohne etwas zu verlangen. Einfach selbstlos.

»Na sowas! du siehst ja wieder wie ein richtiger Mensch aus. Hast du etwa meine Gebete bis hierher gehört?« Sotis ist überrascht, als er aus Thorikou zurückkehrt.

»Sehr witzig. Es war höchste Zeit, Onkel. Es gibt Menschen denen es doch wirklich schlecht geht. Und ich suhle mich hier in Selbstmitleid«, erwidert Giorgos.

»Weißt du, Giorgos. Es darf auch mal Winter in deinem Herzen sein, aber seit Jahrtausenden und auch noch in tausend Jahren wird immer ein Frühling kommen, und zwar nach jedem Winter. Auch für dich.« Sotis umarmt Giorgos und streichelt Kleo, die es sich in Giorgos Schoß gemütlich gemacht hat.

In den nächsten Tagen und Wochen gewinnt Giorgos sein Lachen zurück und freut sich über jeden Tag, an dem Kleo bei ihm ins Zimmer hereinrennt und ihn anbellt. Die beiden haben sich sehr aneinander gewöhnt.

An manchen Tagen geht Giorgos zusammen mit Mikis und Helena auf die Felder hinaus.

Mikis erzählt von seinem Bruder Kostas in Deutschland, der regelmäßig Geld schickt, und Helena erzählt von ihren Erfahrungen, die sie in Begleitung ihres Vaters bei Patientenbesuchen in Laurion macht. Sie möchte auch Ärztin werden, und spart eisern seit Jahren alles, was sie verdient.

»Ich möchte auch unbedingt wieder arbeiten. Wenn ihr was für mich wisst, dann sagt mir Bescheid«, wirft Giorgos ein, als sich die drei über die Zukunft unterhalten.

Kapitel 3:

Eine Woche vor Weihnachten kommt Mikis ganz aufgeregt in Giorgos Zimmer hineingestürmt. Dieser zeichnet gerade ein Bild wie viele andere an seiner Wand, auf denen eine Frau zu sehen ist, jedoch ohne erkennbares Gesicht. Und Gesichter zeichnet Giorgos am besten.

»Hey, Mann. Willst du Geld verdienen? Richtig gutes Geld? Viel Geld?« Mikis ist ganz außer Atem. – »Kostas kommt aus Deutschland zurück. Und er kann uns zwei Arbeitsplätze freihalten. Aber wir müssen im Januar nach Deutschland.«

»Also, mal ganz langsam, Mikis. Du willst arbeiten? Das klingt schon unglaubwürdig. Und das viele Geld auch. Also erzähl mir mal von vorne.«

Giorgos legt sein Zeichenheft weg und setzt sich aufrecht auf das Bett.

»Kostas war jetzt ein halbes Jahr dort. Jeden Monat hat er Geld geschickt und hat auch noch einen großen Teil, den er jetzt mitbringt. Er wird den Führerschein machen und sich sehr vieles von dem Geld kaufen. Kannst du dir vorstellen, wie viel das ist? Die Deutschen brauchen jeden Mann. Die haben so viel Arbeit und zu wenig Leute. Es sind schon tausende Türken dort. Aber auch viele Griechen. Wir könnten nach Stuttgart in die Industrie. Und du weißt, ich bin nicht gerade der Musterarbeiter. Aber wenn es mir mein

Bruder zutraut, dann pack ich das. Ich will, dass du mitkommst. Was denkst du?«

»Ein halbes Jahr? Was mach ich mit Sotis?« Giorgos sieht schon den ersten Haken dabei.

»Helena kümmert ich um ihn. Ich hab sie gefragt. Mann, Giorgos. Diese Chance kommt nur einmal und das weißt du. Dein Onkel ist versorgt und sonst gibt's nichts in Griechenland, was dich davon abhält.«

»Nein. Nichts. Du hast Recht, Mikis.«

Giorgos erzählt Sotis von seinem Plan, mit Mikis nach Westdeutschland zu gehen. Sotis wünscht sich eine gute Zukunft für Giorgos und weiß um die Gastarbeiter in Westdeutschland.

»Ich werde dir jeden Monat Geld schicken. Und wenn ich zurückkomme, dann bauen wir das Haus um. Größer, schöner, eine richtige Tür. Oder wir lassen es umbauen und schauen dabei nur zu.« Die beiden lachen und trinken dabei ein Glas Wein.

»Das Jahr 1958 wird mit einer Trennung beginnen, Onkel, aber noch bevor der Sommer vorbei ist, werde ich bei dir sein. Und im Winter werden wir in einem neuen Haus leben.« Giorgos ist ganz euphorisch.

»Das klingt wunderbar, Junge. Wunderbar.« Sotis sorgt sich ein wenig. Aber er freut sich, dass es Giorgos besser geht und er auch über die Trennung von Eolina hinweggekommen ist.

Da im Moment Deutschland nur mit der Türkei und Italien ein Abkommen für Gastarbeiter hat, muss Mikis' Bruder erneut seine Kontakte bei den Behörden nutzen. Das ist die übliche Vorgehensweise bei den jungen Griechen, um im Ausland arbeiten zu können. Am Montag, dem 13. Januar 1958, steigen Giorgos und Mikis nach unzähligen Bestechungen der Behörden in Griechenland und der Türkeizusammen mit einem Dutzend junger Männer auf einen Transporter auf dem Marktplatz in Laurion. Mit einem gefälschten türkischen Pass und der dazugehörigen Arbeitserlaubnis, voller Hoffnung auf eine positivere Zukunft nach ihrer Rückkehr aus Deutschland. Die Familien der Männer sind alle gekommen, um die zukünftigen Gastarbeiter zu verabschieden. Sotis und Helena mit Kleo sind auch da. Sotis weint, als er Giorgos zum Abschied fest umarmt.

»Komm gesund zurück. Ich warte auf dich«, ruft Helena Mikis zu. - »Pass mir gut auf meinen Geliebten auf. Er ist manchmal etwas vorlaut. Nicht, dass er Ärger bekommt«, flüstert sie Giorgos ins Ohr.

Am Bahnhof in Athen hat Giorgos kurz ein ungutes Gefühl. Vielleicht, weil er weiß, dass Eolina in dieser Stadt lebt und er nun hier ist. Für eine lange Zeit wird er Griechenland verlassen. *Wie es wohl in Westdeutschland sein wird?*

»Also gut. Drei Tage Zugfahrt warten auf uns.« Mikis drückt Giorgos seine Fahrkarte in die Hand.

Am 16. Januar kommt ein Zug voller jungen Griechen und Türken am Bahnhof in Stuttgart an. 0 Grad zeigt das Thermometer am Bahnhof an. In Griechenland waren es noch 15 Grad vor der Abreise. Giorgos und Mikis staunen über den Bahnhof, die Einkaufsmöglichkeiten und die Sauberkeit in dem Gebäude. Allein die Größe des Gebäudes ist beeindruckend. Vor dem Bahnhof fahren Straßenbahnen über die Straßen. Autos, und zwar nur die modernsten. Alles sauber und gepflegt. Hier zu sein ist schon für beide ein Ereignis.

Sie nehmen ein Taxi und geben dem Fahrer einen Zettel mit einer Adresse. Mikis' Deutschkenntnisse sind mehr als dürftig. Giorgos versteht kein einziges Wort.

»Es fühlt sich gut an. Zu wissen, dass die hier verzweifelt unsere Hilfe brauchen«, flüstert er während der Fahrt Giorgos zu.

Giorgos sieht während der ganzen Fahrt fasziniert aus dem Fenster und merkt nicht, dass Mikis eingeschlafen ist. Sie werden vor einem großen Gelände außerhalb der Stadt raus gelassen.

»Die bauen hier Autoteile. Für die besten Autos der Welt. Wer weiß, vielleicht fahren wir mit einem eigenen Auto nach Hause. Das wäre doch was, oder?« Mikis kneift Giorgos in die Schulter. – »Kannst du es glauben?«

»Also gut. Lass uns reingehen, Mikis.« Giorgos atmet tief durch.

Ein griechisch sprechender Türke leitet die beiden um das Gelände zu den Schlafstätten. Es sieht aus wie

65

ein umfunktionierter Geräteschuppen, außerhalb des Firmengeländes, in dem zu viele Menschen leben. Türken und Griechen starren die beiden an. Hier sieht es nicht mehr so deutsch aus wie außerhalb des Geländes. Etwas schmutziger und zugemüllt. Überfüllte Mülleimer, die stinken. Kaputte Stühle und Tische vor den Baracken.

»Griechen hinten, Türken vorne!«, ruft einer der Männer den beiden zu.

Es riecht nach Schweiß und Essen. Nach schmutziger Wäsche und getragenen Schuhen. Eigentlich stinkt es richtig. Die beiden gehen bis in die hintere Ecke, wo sie eine kleine Zelle mit Holzwänden zugeordnet bekommen. Eine Steckdose und eine hängende Glühbirne an der Decke. Nicht größer als eine Gefängniszelle. Links und rechts von der Tür jeweils ein Bett, das von der einen Zimmerseite zur anderen reicht. Dazwischen am Fenster ein kleiner Tisch. Etwa zwei Meter lang und zweieinhalb Meter breit ist ihr Zimmer.

»Du hast Glück, dass wir uns kennen, Mikis. Mit einem Fremden würde ich hier nicht bleiben.« Giorgos' Vorfreude ist verflogen.

Giorgos öffnet kurz ein Fenster. Die eisige Luft dringt sofort ins Zimmer. Beide werfen ihre Koffer auf die Betten und packen aus. Über den Betten sind kleine Regale montiert. Die einzige Möglichkeit, etwas abzulegen. Die Koffer passen gerade so unter die Betten. Die Zimmertüre schließt nicht richtig und muss von innen mit einem Schieberiegel verschlossen werden. Außen hängt ein großes Vorhängeschloss. Anscheinend ist es hier notwendig, sein Hab und Gut mit so einem Schloss abzusichern.

»Hallo, Freunde, woher seid ihr? Ich bin Notis«, stellt sich ein Mann mittleren Alters vor, der plötzlich in der Tür steht.

»Wir sind aus Laurion, aus der Region Attica«, erwidert Mikis.

»Aha. Bist du der Bruder von dem Lembesis aus Laurion?«, fragt Notis.

»Ja. Der bin ich«, freut sich Mikis, dass man hier Bescheid weiß.

»Na wenn du genauso arbeitest wie dein Bruder, dann wird's gut für dich laufen. – Ach ja. Und bitte Fenster zu. Heizung ist kaputt. Nur so als Tipp von mir.«

»Mann, Giorgos. Das wird ein Abenteuer, sag ich dir.« Mikis ist ganz aufgedreht und euphorisch. Giorgos hatte es sich etwas anders vorgestellt. Es ist kalt, schmutzig, und alles scheint sehr provisorisch.

»Waschen könnt ihr euch nur vor der Arbeit oder sofort danach, in der Fabrik. Die Scheißhäuser sind hinter dem Müllplatz. Vorne, wo die Türken sind, ist eine Kochecke, da könnt ihr euch das Essen machen. Und wenn ihr Zigaretten, Kaffee oder Frauen wollt, dann kommt zu mir. Ich kann alles besorgen«, ruft Notis beim Gehen noch von draußen in die Baracke der beiden Neuankömmlinge.

»Na super. Mikis, ich bin echt gespannt auf das hier.« Giorgos setzt sich auf das Bett.

»Na also. Schau mal raus. Die haben ja auch ganz schöne Frauen hier.«

Mikis schaut durch das Fenster und winkt einer Gruppe junger Frauen auf dem Hof zu.

Die beiden sind erschöpft und es ist schon spät. Sofort am nächsten Morgen erhalten sie ihre Arbeitspläne und die Verhaltensregeln ausgehändigt. Mikis wird am Band arbeiten und Giorgos soll bei der Beladung der LKWs helfen.

Die ersten Tage sind gewöhnungsbedürftig, aber die Deutschen haben alles sehr gut geplant, und es sind immer genug Leitende Angestellte vor Ort, die türkisch und griechisch sprechen.

Bei einem Stundenlohn von 2,22 Deutscher Mark kann keiner jammern. Es ist auffällig, dass die Gastarbeiter die Schwerstarbeit in diesem Werk verrichten. Auch bei der Behandlung der Mitarbeiter werden offensichtlich Unterschiede gemacht. Das interessiert allerdings die Ausländer wenig. Hauptsache, das Geld kommt pünktlich.

Die Umgebung um das Werk herum ist für Giorgos und Mikis faszinierend. Es gibt alles zu kaufen, was man möchte, und das Geld haben sie sogar dazu, da es jede Woche eine Lohntüte gibt. Giorgos und Mikis haben zusammen eine Geldkassette in ihrer Baracke deponiert die sie verschließen können. Die Baracke

selbst haben sie zusätzlich mit einem weiteren Vorhängeschloss gesichert. Immer wieder randalieren
betrunkene Griechen und Türken. An den Wochenenden wird fast immer gefeiert und da kommt es schon
mal zu Auseinandersetzungen zwischen ihnen.

Giorgos und Mikis bleiben unter den Griechen und
feiern an den Wochenenden zusammen. Mit Ouzo
und griechischer Musik fast wie zuhause. Giorgos
beobachtet, dass Mikis das Heimweh zu schaffen
macht.

Sie schreiben regelmäßig Briefe nach Griechenland
und Mikis ist dann ganz erfreut, wenn er auch von
Helena einen Brief bekommt. Giorgos zeichnet für
Sotis ganz oft Eindrücke aus Deutschland, die Häuser, den Schnee und die Maschinen, und schickt ihm
diese. So viel Schnee wie hier haben Giorgos und
Mikis noch nie gesehen.

»Hey, ihr beiden. Kommt ihr mit in die Stadt?« Notis
lehnt an der Barackentür von Giorgos und Mikis.

»Was meinst du, Giorgos?«, fragt Mikis, der gerade
Helenas Brief in der Hand hält.

»Von mir aus. Wir haben morgen frei. Von daher …
lasst uns feiern, Freunde.«

Giorgos will einfach mal raus. Einfach mal auf andere Gedanken kommen. Zudem ist er auch auf die
fremde Welt gespannt. Neugierig.

Notis und zwei weitere Griechen warten auf die beiden vor den Baracken. Alle haben sich herausgeputzt

69

und warten auf den Bus. Notis ist seit acht Monaten hier und kennt jedes Lokal, viele Händler und auch einige Deutsche. Er spricht sogar sehr gut deutsch.

»Wir gehen etwas trinken und tanzen. Es gibt hier so viele hübsche Mädchen, so was habt ihr in Griechenland nicht gesehen«, schwärmt Notis.

Es ist inzwischen nicht mehr so kalt. Und der Schnee ist auch weniger geworden. Die Gruppe der jungen Griechen wird in der Stadt vorsichtig beäugt und ist auch aufgrund von Notis lauter Stimme in der Bar nicht zu überhören. Die Männer trinken deutsches Bier und im Hintergrund klingt deutsches Radio. Notis und Mikis sind die einzigen, die deutsch sprechen oder verstehen. Mikis hat ein paar Sätze von seinem Bruder gelernt und sich einiges aufgeschrieben.

Als Giorgos von der Toilette zurückkehrt, steht Mikis bereits bei zwei einheimischen Mädchen und flirtet. Giorgos schüttelt den Kopf.

»*Typisch Mikis*«, denkt er sich.

»Hey, Giorgos, komm doch mal!« Mikis winkt ihn zu sich. »Das ist Anita und das ist ihre Freundin Hanna. – Mädels, das ist Giorgos.« Mikis stellt sie einander vor.

»Hör mal, die haben beide keinen Freund«, flüstert er Giorgos ins Ohr.

»Und du, Mikis? Du bist zu haben, oder wie?« Giorgos wirkt genervt.

»Mann, du bist echt eine Spaßbremse. – Ich bin gleich zurück, Mädels.« Mikis nimmt Giorgos zur Seite.

»Hör mal Giorgos. Stell dich jetzt nicht so an. Es passiert ja nichts. Ein bisschen flirten. Mehr ist das nicht. – Was weiß ich, was Helena daheim treibt? Außerdem tu ich doch nichts Verwerfliches.« Mikis versucht Giorgos zu animieren.

»Spinnst du? Du bist echt unmöglich. Du weißt genau, dass Helena daheim an dich denkt. Sie liebt dich, Mann. Also lass den Quatsch.« Giorgos geht zurück an den Tisch zu den anderen Männern.

»Was ist los, Giorgos? Du bist doch nicht schüchtern, oder?«, fragt Notis.

»Blödsinn. Ich habe einfach keine Lust auf so was.« Giorgos trinkt von seinem Bier.

Mikis verabschiedet sich von den Mädels und setzt sich zu den Männern.

»Also gut, Männer. Wir trinken noch einen. Ich bezahle!«

Mikis schaut zu den Mädchen rüber.

An den folgenden Wochenenden gehen Mikis und Giorgos immer öfter getrennt in die Stadt, da sie sich schon etwas besser auskennen. Giorgos bleibt auch an vielen Abenden in der Baracke. Mikis nutzt die Zeit in Deutschland lieber anders. Die beiden schicken auch regelmäßig Geld nach Hause. Am liebsten kauft

Giorgos für Sotis ein und schickt ihm dann Päckchen mit deutschen Lebensmitteln.

Die Wochen vergehen wie im Flug. Es ist wahrlich ein Abenteuer, das die beiden in Deutschland erleben. Mikis kommt immer wieder mit den Anderen angetrunken aus der Stadt zurück und klagt am nächsten Morgen bei der Arbeit über den Kater.

»Giorgos, einer der Türken kann uns eine Tätowierung stechen. Willst du?«

Mikis setzt sich zu Giorgos, der gerade ein Bild von der kleinen Kleo zeichnet, wie sie Vögeln hinterher jagt.

»Hast du sie noch alle? Lass das sein. Wie soll ich das deiner Mutter erklären? Jetzt drehst du komplett durch.«

Giorgos sieht Mikis erstaunt an.

»Mein Bruder hat auch eines. Ich mach es. Hier, such dir auch eins aus. Ich bezahle das.«

Er drückt Giorgos ein Heft mit Vorlagen und Mustern in die Hand.

»Das ist doch alles Mist, Mikis. – So was willst du dir stechen lassen? Das wird für immer sichtbar sein. Warte, bis du wieder bei Sinnen bist. Morgen bereust du es. Diese Vorlagen sehen richtig scheiße aus. Das ist ja schlimmer als von den Typen, die aus dem Knast kommen.«

»Ich habe seit Tagen nachgedacht. Ich werde es auf jeden Fall tun. Zeichne mir etwas Besseres. Kannst du

Helena zeichnen? Bitte, das wäre so abgefahren. Es wird ihr auch gefallen.«

»Also Mikis, du bist bescheuert. Ich sollte auf dich aufpassen. Wenn ich das zulasse, macht mich deine Mutter fertig. Auch Helena wird wütend sein.«

Giorgos nimmt seinen Block wieder in die Hand.

»Ich gebe es dir morgen.«

Er fängt an zu skizzieren. Wenn Mikis schon ein Tattoo haben will, dann sollte es etwas ansehnlicher sein als das, was die Türken ihm anbieten.

»Klasse. Und nun komm, wir rauchen eine Zigarette.«

Beide haben in Deutschland das Rauchen angefangen. Hier rauchen alle. Giorgos raucht nicht so viel wie Mikis, aber genug, um seinem Gesundheitszustand noch mehr zu gefährden.

Giorgos sitzt abends nach der Arbeit auf dem Bett und zeichnet an Mikis' Bild. Mit jedem Bleistiftstrich bringt er Helenas Schönheit auf das Papier und immer wieder ruft er sich Ihr Gesicht vor Augen. Ihr Lächeln, ihre Augen, die Haare.

»Das ist der Wahnsinn, Mann.« Mikis ist am nächsten Morgen erstaunt, als er die Zeichnung seiner Liebsten neben Giorgos' Bett sieht.

»Also, Giorgos, du hast sie wunderschön gezeichnet.«

Mikis Augen werden leicht feucht.

»Komm schon Mikis. Du willst dich tätowieren lassen. Fang jetzt bitte nicht zu heulen an.« Giorgos lacht.

Als die beiden am gleichen Tag abends aus der Stadt zurückkehren, hat Mikis sich Mut angetrunken.

»Ich bin soweit, Fatih. Du kannst zustechen.«

Mikis legt einem der Türken Giorgos' Zeichnung hin. Er möchte Helenas Gesicht auf seiner Brust haben.

»Das ist ja mal eine wahre Schönheit. Kann ich die Vorlage behalten? Vielleicht will auch einer der anderen Jungs die Frau an seiner Brust haben?« scherzt der Türke.

»So groß? Bist du verrückt?« Giorgos ist schockiert von der Größe der Tätowierung, die Mikis sich über die gesamte linke Brusthälfte stechen lassen möchte.

Vier Tage lang dauerte die Prozedur. Vier Flaschen Ouzo und unzählige Tränen hatte das Abbild Helenas Mikis gekostet. Wie viel Geld er dafür bezahlt hat, sagt er Giorgos nicht.

»Also, der Türke hat es echt drauf, oder, Giorgos?« Mikis steht vor dem Spiegel und bewundert die Tätowierung.

»Es sieht wirklich großartig aus. Aber etwas kleiner hätte es auch gereicht. Außerdem wirst du die Reaktion deiner Mutter nicht überleben. Also genieß den Anblick«, entgegnet Giorgos.

»Und was ist mit dir? Willst du nicht auch eines?«

Mikis spannt die Muskeln vor dem Spiegel an und posiert davor.

Giorgos ignoriert die letzten Sätze von Mikis.

Mikis passt sich immer mehr den Gepflogenheiten in den Baracken an. Er schickt immer weniger Geld nach Hause und lässt sich zudem noch auf Glücksspiele mit den Türken ein. Immer wieder geht er mit Notis und den anderen in die Rotlichtviertel. Giorgos weigert sich.

Als Mikis eines Abends total betrunken in der Baracke ankommt, entbrennt ein Streit zwischen ihm und Giorgos.

»Mikis. Mann, du solltest es echt langsamer angehen. Sieh dich doch nur an«, empfängt ihn Giorgos.

»Mann, das sind ja mal ein paar heiße Frauen hier. Ich weiß gar nicht, warum ich so lange gewartet habe«, prahlt Mikis.

»Weil du ein Freundin hast und mit ihr zusammen sein willst. Was hast du getan?« Giorgos ist genervt von Mikis Verhalten. Er steht unter dem Einfluss der anderen, die um einiges älter sind als er.

»Ich bin endlich ein Mann, Giorgos. Das war der Hammer.«

»Du bist so ein Egoist, Mikis. Echt. Ein richtiger Blödmann. Deine Freundin wartet in Laurion auf dich und du machst so einen Mist.« Giorgos schüttelt Mikis an den Schultern.

»Lass mich, du Langweiler. Nur weil du keine Eier hast, muss ich nicht auch so sein. Wir sind nun schon drei Monate hier. In drei Monaten sind wir zurück in unserem langweiligen Leben und alles läuft so wie bisher.«

»Du Idiot.« Giorgos stößt Mikis auf sein Bett und geht hinaus.

Giorgos geht an diesem Abend in die Bar, in der sie als erstes in Deutschland waren. Alleine sitzt er am Tresen und trinkt ein Bier nach dem anderen. Er schafft es, jeden Versuch der Damen, ihn anzusprechen, durch seinen unfreundlichen Blick abzuwehren.

Erst weit nach Mitternacht kommt Giorgos zurück. Er ist so betrunken, dass er es nicht mehr schafft, sich auszuziehen, und fällt angezogen ins Bett. Mikis liegt regungslos in seinem eigenen Bett. Ebenfalls angezogen.

»Echt klasse«, denkt sich Giorgos.

In dieser Nacht träumt er von Eolina. Den wunderschönen Momenten die beide miteinander verbrachten.

An diesem Morgen hört Giorgos den Wecker nicht.

»Aufstehen, Aufstehen!«, ruft eine unbekannte Männerstimme. Und ein uniformierter Mann schüttelt Giorgos wach.

Noch ganz benommen vernimmt Giorgos drei deutsche Polizeibeamte und den griechischen Vorarbeiter aus dem Werk.

Giorgos wird sofort in Handschellen gelegt. Mikis ist zugedeckt. Die Decke über ihm ist blutverschmiert.

»Was ist Passiert?« Giorgos ist ganz aufgelöst. – »Mikis. Mikiiiiiiiis!«, ruft er aus voller Kehle.

»Sie sind verhaftet«, übersetzt der Grieche für Giorgos. - »Ihr Zimmerkamerad ist tot. Erstochen. Das Messer, das neben Ihnen liegt. Ich kann es nicht glauben, Giorgos.«

Giorgos steht unter Schock. Glaubt an einen Albtraum, aus dem er gleich aufwachen wird.

»Mikis. Mikis, mein Bruder, steh auf. Was ist denn los? Mikis?« Giorgos bricht in Tränen aus. Er wehrt sich gegen die Beamten, die ihn aus der Baracke an den anderen Gastarbeitern vorbeiführen. Giorgos bricht zusammen.

»Ich pass auf deine Sachen auf«, ruft ihm Notis noch hinterher, der gerade mit den beiden Vorhängeschlössern an der Barackentüre der beiden steht.

Giorgos kommt auf der Polizeiwache in Stuttgart zu sich. Ein Beamter und ein Übersetzer stehen ihm in einer kleinen Zelle gegenüber.

»Wo ist mein Freund? Bitte, wo ist er?«

»Herr Erdogan, Ihr Zimmergenosse ist tot. – Sagen Sie uns doch, was passiert ist.

»Ich heiße Galanis. Nicht Erdogan.«

Giorgos klärt den Beamten über die gefälschten Papiere auf. »Und mein Freund heißt Mikis Lembesis.«

»Interessant. Um die Papiere werden wir uns auch noch kümmern. Da Sie und Ihr Freund heute Morgen nicht zur Schicht erschienen, haben Ihre Kollegen die Tür aufgebrochen, die von innen abgeriegelt war. Ihr Freund lag heute erstochen in seinem Bett. Neben Ihnen haben wir dieses Messer gefunden. Ihre Kollegen gaben an, sie hätten beide am Abend gestritten.« Der Beamte hält Giorgos' Brotmesser in einer Plastiktüte vor Giorgos' Gesicht. Das Messer und die Tüte sind blutverschmiert.

Giorgos versucht sich zu wehren, ist aber immer noch völlig aufgelöst und kann das Ganze nicht glauben. Mikis war für ihn wie ein Bruder. Es kann nicht sein, dass Mikis tot ist.

»Ich glaube das nicht. Ich will ihn sehen. Bitte, das ist ein Irrtum. Bestimmt ist er nicht tot.«

Die Beamten versuchen von Giorgos ein Geständnis zu erzwingen. Dieser kann sich jedoch an den gestrigen Abend nicht erinnern. Beharrt weiter darauf, Mikis sehen zu dürfen.

Als er den Leichnam sehen darf, hat er endgültige Gewissheit. Mikis lebt nicht mehr. Zwei Messerstiche in den Rücken. Nie wieder werden beide miteinander sprechen, lachen, Witze machen. Giorgos bricht erneut zusammen.

Wie soll er sich das erklären? Wer hat Mikis umge-
bracht? Wie kann er das seinen Eltern erklären? Und
Helena? Und Sotis? War er es doch selbst? War er zu
betrunken um sich zu erinnern?

Giorgos verteidigt sich gegen die Vorwürfe und be-
teuert weiterhin seine Unschuld. In der Zelle, in der er
seine Untersuchungshaft absitzen muss, sind zwei
Türken und ein Spanier untergebracht. Weshalb die
drei Mitinsassen inhaftiert wurden, weiß Giorgos
nicht. Die Zelle ist fensterlos und einzig im Boden ist
ein Loch als Toilette vorgesehen. Die Insassen müssen auf dem kalten Boden sitzen und schlafen. Die
Zelle riecht nach Urin und Fäkalien, Schweiß und
widerlich vergammelten Essensresten. Keiner der
Männer spricht die Sprache des anderen. Nur die beiden Türken können sich unterhalten.

Der junge Spanier hat sich Giorgos als Jesus vorgestellt. Und wahrlich, so würde man sich Jesus, Gottes
Sohn vorstellen, wenn er heute leben würde. Lange
Haare und einen Vollbart. Jesus verlässt am 26. Juni
die Zelle. Was mit ihm geschieht, weiß Giorgos nicht.

Die Beweislage spricht gegen ihn und so wird Giorgos eine Woche später, am 3. Juli 1958, wegen Tot-
schlags und Urkundenfälschung zu fünf Jahren und
fünf Monaten Haft verurteilt. Giorgos wird zum Haft-
antritt in den kommenden Wochen an Griechenland
ausgeliefert. Die Haftstrafe wird im Gefängnis bei
Athen vollstreckt.

Kapitel 4

Giorgos sitzt seit einigen Tagen daran, einen Brief in die Heimat zu schreiben. Mikis Eltern, Helena und Sotis sollen erfahren, was geschehen ist. Er schafft es nicht. Immer wieder zerreißt er das Papier.

Der Schmerz über den Verlust von Mikis ist viel größer als die Haftstrafe, die auf ihn wartet. Er beschließt keinen Brief zu schreiben. Die Polizei bestätigt Giorgos, dass Mikis Leichnam nach Griechenland überführt und die Familienangehörigen informiert wurden.

Was kann Giorgos' Brief noch ausrichten?

Einen Tag vor Giorgos Ausreise nach Griechenland steht Notis vor seiner Zelle in Stuttgart.

»Giorgos. Wie geht es dir? – Ich habe eure Sachen alle zusammengepackt. Deine Sachen hat die Polizei und Mikis Sachen haben wir nach Laurion geschickt. Es tut mir sehr leid, was passiert ist. Es tut uns allen leid. Wirklich.«

»Mensch, Notis. Hab ich das getan? Das kann doch nicht sein.« Giorgos senkt seinen Kopf.

»Das waren die Türken, Giorgos. Das habe ich aber auch schon der Polizei gesagt. Mikis hatte an diesem Abend ganz schön viel Geld von den Türken gewonnen. Er hatte einen Glückstag. Deswegen ist er mit uns in das Rotlichtviertel, wollte feiern. Die Türken behaupten, er hätte sie beim Kartenspiel betrogen, und wollten ihr Geld zurück. Das müssen die gewesen sein.«

»Habt ihr Mikis Familie das Geld auch geschickt?«, fragt Giorgos hoffnungslos nach.

»Es war kein Geld da, Giorgos. Wirklich nicht«, versichert Notis.

»Unter meinem Bett? Eine Geldkassette?«

»Nichts. Die Türken müssen drin gewesen sein, bevor du zurückkamst. Es tut mir wirklich leid, Giorgos. Aber wir werden an die griechische Regierung Briefe schreiben, die hören vielleicht mehr auf uns. Gib nicht auf.«

Das bringt Giorgos leider nicht viel. Aber dennoch hat er die Gewissheit, Mikis nichts angetan zu haben. Das Geld ist verschwunden. Mikis und Giorgos' Geld, für welches sie wahrlich hart gearbeitet haben.

Giorgos sitzt zusammen mit sieben weiteren Schwerverbrechern in Griechenlands größtem Gefängnis in Korydallos, einem Vorort von Athen. Die Zelle ist nur für vier Personen angelegt. Chronische Überbelegung der Zimmer ist üblich. Nasse kalte Wände, und der Gestank ist weitaus widerlicher als in Deutschland. Das Loch im Boden ist hier nicht mehr vorhanden. Jede Woche wird die gesamte Zelle mit dem Wasserschlauch ausgespritzt. Und das, während die Insassen in der Zelle sind. Die Männer die hier inhaftiert sind, sehen weitaus gefährlicher aus als die, die

Giorgos in Deutschland gesehen hat. Einen Schlafplatz hat Giorgos auch hier nicht, da nur vier Betten verfügbar sind. Die Rangordnung ist hier ganz eindeutig geregelt. Giorgos wird schlagartig klar, dass hier die Hölle auf Erden sein muss. Er hat keinen einzigen persönlichen Gegenstand mitnehmen können. Die anderen haben ihr Hab und Gut in Plastiktüten.

Giorgos merkt schnell, wieso. Jedes Mal, wenn der Wasserschlauch angesetzt wird, packen die Männer alles in ihre Tüte und verschließen diese. So bleibt alles trocken, nach der Zellendusche. Die Zelle wird kaum trocken, bis zur nächsten Zellendusche. Und so ist immer mindestens einer der Insassen verschnupft, erkältet oder darf, wenn er Glück hat, mit einer Lungenentzündung auf die Krankenstation.

Giorgos hat seit seiner Ankunft kein Wort gesprochen. Auffällig ist sein immer schlechter werdender Gesundheitszustand. Zeitweise muss er erbrechen oder spuckt Blut. Immer wieder hat er Kreislaufprobleme aufgrund seines Herzfehlers. Es dauert Wochen, bis Giorgos den ersten Brief von seinem Onkel Sotis in den Händen hält.

Lieber Giorgos,

mein lieber Junge. Ich habe sehnsüchtig auf ein Zeichen von Dir gewartet. Wir wissen nicht, warum der Herr unbedingt Mikis zu sich rufen musste. Du sollst wissen, dass ich an Deine Unschuld glaube. Du wür-

dest nie einem der Deinen Schmerz oder Leid zufü-
gen. So habe ich Dich nicht erzogen. Deine Freunde
aus Deutschland haben uns geschrieben. Mikis´ Fa-
milie glaubt auch an Deine Unschuld, genauso wie
auch Helena. Wir werden den Kampf mit unserer
Regierung aufnehmen und alles versuchen, um Dich
nach Hause zu holen. Ich werde mich bald auf den
Weg zu Dir machen. Schreib mir doch bitte. Ich wer-
de krank vor Sorge um Dich. Ich werde versuchen,
Dir einige Sachen mitzubringen. Ich richte Dir schö-
ne Grüße von Mikis´ Familie und Helena aus. Mikis
wurde in Laurion am Sonntag bereits beigesetzt. Es
ist so ein schöner Grabstein. Du wirst ihn bald besu-
chen. Es fällt mir schwer, nicht zu verzweifeln. Ich
würde so gerne den Platz mit Dir tauschen. Du hast
diese Qual nicht verdient.

Gib nicht auf,
Sotis

Als Giorgos den Brief wieder faltet, wird er zur Tür
gerufen.

»Besuch für dich, 3294.« Das ist Giorgos Gefan-
gennummer.

Im Besucherraum sitzt Sotis zusammen mit Helena.
Die drei fallen sich sofort in die Arme und fangen zu
weinen an.

Als sie sich setzen, erzählt ihnen Giorgos von dem
Abend, als Mikis starb.

»Ich hatte dir versprochen, dass ich auf ihn aufpasse. Es tut mir so leid. Ich habe es nicht geschafft«, entschuldigt sich Giorgos bei Helena.

»Nein, Giorgos. Sag das nicht. Es ist nicht deine Schuld.« Helena bricht in Tränen aus.

»Er hat nur von dir gesprochen. Die ganze Zeit nur an dich gedacht. Er hat sich dein Bild auf die Brust tätowieren lassen. Nur für dich.«

»Ich habe die Tätowierung gesehen. Der muss wohl verrückt gewesen sein. Ich habe ihn so geliebt, Giorgos. Und ich liebe ihn immer noch so sehr. Es tut so weh und ich weiß nicht, wie ich jeden neuen Tag überstehen soll, mit der Gewissheit, ihn nie wieder in die Arme schließen zu können.«

»Es tut mir so leid, Helena. Er fehlt mir auch so sehr. Ich hatte einen Bruder, der nun nicht mehr da ist.« Giorgos erzählt ihr nicht von den Mädchen im Rotlichtviertel und dem Glücksspiel.

»Wir werden dich herausbekommen. Ganz bestimmt, Junge«, fügt Sotis hinzu.

»Ja, Onkel. Bestimmt.« Giorgos glaubt nicht daran.

»Schau mal. Ich durfte den Zeichenblock und die Stifte mitnehmen. Mehr haben die hier nicht erlaubt.« Sotis übergibt Giorgos seine Zeichenutensilien.

Zum Abschied drückt Giorgos die beiden so fest, als wäre es das letzte Mal.

»Gib der kleinen Kleo einen Kuss von mir«, flüstert er Helena ins Ohr.

»So klein ist die nicht mehr. Du wirst dich wundern, wenn du zurückkommst«, erwidert Helena so, als würde Giorgos in wenigen Tagen zurückkehren.

So vergehen Wochen und Monate und Giorgos freut sich über jeden Brief, den er aus Laurion erhält. Mikis' Bruder Kostas schreibt ab und zu. Sotis schreibt regelmäßig und sogar Helena meldet sich neuerdings.

Helena informiert Giorgos, dass es Sotis immer schlechter geht, und rät daher ab, dass dieser Giorgos im Gefängnis besuchen soll. Giorgos soll Sotis versuchen, die Besuche auszureden.

Als Giorgos eines Morgens zusammenbricht, kommt er auf die Krankenstation des Gefängnisses. Durch die kalte Gefängniszelle hat er sich eine Lungenentzündung zugezogen. Aufgrund seines Herzfehlers kommt es somit zusätzlich zu Atemaussetzern, die ihn in Ohnmacht fallen lassen.

An diesem Tag steht plötzlich Helena an seinem Bett und hält seine Hand, als er aufwacht.

»Was machst du denn hier? Ist Sotis auch da?«, fragt er mit leiser Stimme.

»Schhhh. Sag nichts, Giorgos. Ich bin alleine heute. Ich muss Medikamente für meinen Vater aus dem Kreiskrankenhaus mitbringen. Naja, und du liegst eben sozusagen auf dem Weg dorthin.«

»Nein, das tue ich nicht. Es ist ein großer Umweg, und das weißt du selbst«, erwidert Giorgos.

»Naja. Ein kleiner Umweg. Ich möchte doch wissen, wie es dir geht. Und Sotis muss ich auch Bericht erstatten. Und wie ich feststellen muss, liegst du hier auf der Krankenstation.«

»Wie geht es meinem Onkel?«, fragt Giorgos

Eolina blickt zu Boden.

»Sag schon.« Giorgos hakt nach.

»Er hat abgenommen und sieht nicht so gut aus. Aber er ist zäh und wird auf dich warten. Er sorgt sich um dich.«

Giorgos drückt Helenas Hand ganz fest.

»Du musst jetzt gesund werden. Ich habe der Schwester gesagt, dass du Pulmonal Stenose hast. Wir wollen dich doch hier rausholen. Wir bemühen uns hier nicht, damit du dann daheim krank im Bett liegst, hörst du?«, scherzt Helena und versucht Giorgos zum Schmunzeln zu bringen.

»Der Bürgermeister von Laurion und mein Vater haben ein Schreiben nach Athen geschickt. Das ignorieren die nicht. Du wirst sehen.«

»Ja. Das klappt schon.« Giorgos wünscht sich, er könne es glauben.

»Hast du Kleo einen Kuss von mir gegeben?«, fragt er scherzhaft.

»Ja sicher. Und ich soll dir von ihr auch einen geben.« Helena beugt sich zu Giorgos und küsst ganz sanft seine rechte Wange.

Giorgos dreht sich zu ihr und sieht ihr in die Augen.

»Wie geht es dir denn, Helena? Du kümmerst dich und setzt dich ein. Denkt auch jemand an dich? Du hast doch Deinen geliebten Freund verloren.« Giorgos rührt sie zu Tränen.

»Ich hoffe immer noch einfach aufzuwachen und festzustellen, dass alles nur ein Albtraum ist. Dass Mikis plötzlich ruft und wir an eurem Haus vorbeigehen, Kleo zu dir in den Hof rennt und du mit ihr spielst.« Helena weint. »Ich weiß oft nicht weiter. Aber, Giorgos, du machst mir Mut. Du bist hier und gibst nicht auf. Du hast auch viel schaffen müssen. Du hast auch Mikis verloren, so wie ich. Wenn wir nicht aufgeben, wird alles am Ende gut. Versprich mir nur, dass du nicht aufgibst. Wir kämpfen ja für dich da draußen.«

»Ich verspreche dir alles, was du wünschst. Alles. Wenn ich hier rauskomme, werde ich mich revanchieren. So gut wie ich es kann.« Giorgos hebt sich zu ihr und umarmt sie.

Zum Abschied gibt Helena ihm noch einen Kuss auf die Wange.

Auf Helenas Hinweis hin bekommt Giorgos auf der Station die notwendigen Medikamente und erholt sich auch schnell. Zurück in der Zelle muss er feststellen, dass niemand seine Briefe vor der Zellendusche gerettet hat. So ist alles zerstört. Unter einem Haufen Fäkalien sind nur noch einzelne Blätter zu sehen. Womöglich haben die anderen das Papier vorher sogar anderweitig verwendet. Giorgos sieht die Leute, die er inzwischen nur noch für den Abschaum der Gesellschaft hält, wütend an.

»Bei der nächsten Dusche kannst du ja deine Briefe rausholen und zum Trocknen legen. Du kannst Sie dann vielleicht für etwas anderes gebrauchen«, sagt einer der Insassen und alle anderen lachen dabei.

Helena besucht Giorgos beinahe jeden Monat. Sie bringt ihm immer Stifte und Papier. Sogar eine Plastiktüte hat sie ihm gebracht. Mehr wünscht er sich nicht. Giorgos freut sich über ihre Besuche. Sie erzählt ihm von daheim, von Mikis Familie und von Kleo.

An Weihnachten bringt sie ihm Fotos mit.

»Mein Vater hat eine Fotokamera, um Patientenbilder zu machen. So kannst du sehen, wie Sotis aussieht. Und Kleo. Und hier ist Mikis' Grab.« Beide haben Tränen in den Augen.

»Es ist einfach schön, das zu sehen. Danke, Helena. Du bist wahrlich ein Engel. Wenn du mich nicht besuchen würdest, würde ich verzweifeln.«

»Ich weiß. Hast Glück«, scherzt sie und klopft ihm dabei auf die Schulter.

»Sotis sieht aber gar nicht gut aus. So dünn. Oder? Findest du nicht auch?«, fragt er Helena.

»Naja. Ich sehe ihn ja täglich. Ich finde, dass er fit ist.«

»Täglich? Du bist jeden Tag bei ihm?«

Helena schluchzt. – »Er kann nicht mehr gehen, Giorgos. Schon seit Wochen. Seine Beine tragen ihn nicht mehr. Er wollte nicht, dass ich dir das sage.«

»Helena, verdammt.«

»Du kannst ja sowieso nichts tun. Ich kümmere mich um ihn.«

»Warum passiert das alles jetzt?«

»Beruhige dich. Es geht ihm gut.«

»Aber du, Helena? Du kannst doch nicht immer da sein für ihn.«

»Wieso nicht? Er erzählt mir immer Geschichten von früher, während ich das Essen oder sauber mache«, erzählt sie als wäre es selbstverständlich.

Giorgos nimmt sie in den Arm und drückt sie ganz fest.

»Diese Schuld werde ich nie begleichen können. Niemals.«

»Du wirst mir nichts schuldig sein, Giorgos. Hörst du?«

Giorgos kommt zum ersten Mal seit langem einer Frau so nah. Er riecht ihre Haut und ihr Haar, fühlt ihre Wange an seiner und spürt eine wunderbar seltsame Anziehung, die von Helena ausgeht.

»Alles in Ordnung?«, fragt diese verwundert über seinen Blick.

»Ähm. Ja. – Ja klar. Was soll denn sein?«

»Du schaust komisch.«

»Quatsch. Alles gut. Ich freu mich nur, dass du dich so aufopferst.«

Als Helena geht, denkt Giorgos noch die ganze Zeit an sie und an Sotis. Noch lange hat er ihren Geruch in der Nase. *Ist es nur, weil er so lange keine Frau mehr gesehen oder gefühlt hat? Das ist doch nur Helena. Eine gute Freundin.* Giorgos kann seine Gedanken nicht einordnen. *Wenn man zu lange in seiner Zelle nur unter Männern ist, dann ist wohl einzig der Geruch einer Frau ausreichend, um durcheinander zu kommen.*

Wieder in seiner Zelle, zeichnet Giorgos seine Lieblingsplätze aus der Vergangenheit. Wo er früher war. Am Meer, auf den Feldern. Die Fabrik, in der er arbeitete. Er denkt an Eolina. Seine große Liebe. Seine einzige Liebe. Er erinnert sich noch genau an ihren Geruch, Ihre weiche Haut, ihr Lachen und den Klang ihrer Stimme. Er hat seine Gefühle lange verdrängt und gerne gehofft, sie zu vergessen. Ob sie wohl zufällig an diesen Mauern vorbeikam, in denen Giorgos seinem Ende so nahe zu sein scheint? Er packt sorgsam seine Fotos und Zeichnungen in die Plastiktüte, um sie vor der nächsten Zellendusche zu schützen.

Am 11. Januar 1961 wird Giorgos in den Besucherraum gerufen. Helena wartet auf ihn. Sie sieht sehr traurig und unglücklich aus. Sie war das letzte Mal kurz vor Weihnachten bei ihm.

»Was ist denn los, Helena?«

»Giorgos.« Sie fängt bitterlich zu weinen an. – »Sotis.«

»Ja. Was ist denn?«

»Er ist nicht mehr bei uns. Es tut mir so leid.« Sie will Giorgos umarmen, dieser stößt sie weg.

»Nein. Das ist nicht wahr. Helena, sag so etwas nicht. Hör auf damit.«

Giorgos fällt auf die Knie. Helena beugt sich zu ihm und beide weinen zusammen.

»Nein. Das glaube ich nicht. Warum hasst mich Gott so sehr? Wie viel kann ein Mensch falsch machen, dass Gott sich so an ihm rächt? Helena, hilf mir bitte. Ich kann nicht mehr.« Giorgos drückt sie ganz fest. »Ich bekomme keine Luft.«

Sotis starb am 09. Januar 1961. Er gestand noch Helena, dass er sich an Eolina gewandt hat mit der Bitte, Giorgos aus der Haft zu helfen. Ihr Vater ist inzwischen Stadtratsvorsitzender von Athen.

»Ich bin hier, um dich mitzunehmen Giorgos. Du bist frei. Du kannst das Gefängnis verlassen. Heute.«

»Wie ist das möglich?« Giorgos ist verwundert.

»Ich denke, dass die Briefe von Sotis und meinem Vater vielleicht die richtigen Leute erreicht haben.« Helena sagt nichts von Eolina. Es ist sehr offensichtlich, dass Giorgos durch Eolinas Hilfe freikommt.

»Wir gehen nach Hause, Giorgos. Morgen ist die Beerdigung von Sotis. Wir machen das alles zusammen. Ich warte draußen auf dich.«

Giorgos weiß nicht, wie ihm geschieht. Er kann sich nicht richtig freuen, das Gefängnis zu verlassen. Sotis lebt nicht mehr. Zu ihm wollte er doch zurückkehren.

Auf der Rückfahrt sitzen beide ganz eng beieinander. Helena hält seine Hand. Giorgos schaut aus dem Fenster und schweigt. Der Zug schaukelt hin und her und Helena schläft langsam mit ihrem Kopf auf seiner Schulter ein. Giorgos streichelt ihre Stirn, und weiß nicht, was nun alles auf ihn zukommt.

Als beide am späten Abend in Laurion ankommen, nimmt Giorgos zum ersten Mal wahr, wie das Haus riecht. Er spürt die Anwesenheit Sotis', er riecht die alten Wände des Hauses. Wie sehr hat er das alles vermisst. Er setzt sich auf Sotis' Bett und nimmt dessen Kissen in den Arm.

»Oh, Onkel. Es tut mir so leid. Ich war nicht da, als du mich gebraucht hast. Es tut mir so leid.«

Helena nimmt ihn in den Arm. Das Haus wirkt viel dunkler als früher. Es fühlt sich kalt an.

Helena setzt sich zu Giorgos ans Bett. Dieser hat sich ganz klein zusammengekauert hingelegt. Sie streichelt noch lange seinen Kopf. Beide schlafen auf Sotis' Bett ein und wachen am nächsten Morgen zusammen auf.

Giorgos entschuldigt sich bei Helena, die bereitwillig und wie selbstverständlich beginnt ein Frühstück zu bereiten.

»Ich bin dir so dankbar, dass du all die Zeit da warst, als ich es nicht war.«

Giorgos geht in sein altes Zimmer. Wie lange hat er diesen Raum vermisst. An der Wand bröckelt Farbe ab und nur schemenhaft ist eine Zeichnung zu erkennen, die er vor Jahren mal in die Wand gekratzt hat. Vor seinem Bett liegen eine kleine Tasche, ein Buch und ein Paar Mädchenschuhe.

»Ich hoffe, du bist mir nicht böse. Ich habe in Sotis' letzten Tagen in deinem Zimmer geschlafen. Es ging ihm nicht mehr gut«, ruft Helena aus dem anderen Zimmer.

»Was soll ich noch hier? Warum bin ich denn hier?« Giorgos setzt sich auf sein Bett und wischt sich die Tränen aus dem Gesicht.

»Ich habe dir etwas gebügelt. Das ist der einzige Anzug, der hier im Haus war.« Helena hängt ihm Sotis' schwarzen Anzug an das Regal in seinem Zimmer hin.

Nach dem Essen hilft Helena ihm, die Krawatte zu binden.

»Ich habe noch nie eine Krawatte gebraucht, Helena. Und der Anzug von Sotis steht mir gar nicht.«

»Doch Giorgos. Du siehst gut aus. Dein Onkel freut sich auf dich«, erwidert Helena während sie ihm die Schultern abklopft.

»Ich stehe das nicht durch. Ich stehe das nicht durch.« Giorgos fasst sich ans Herz und hält kurz den Atem an.

»Was ist? Giorgos, geht's?«

Helena geht in Giorgos' Zimmer und zieht die alte Decke, die als Tür dient, hinter sich zu. Als sie wenig später aus dem Zimmer kommt, staunt Giorgos. Sie sieht so wunderschön und traurig zugleich aus. Ein schwarzes langes Kleid mit einer weißen Schleife im Haar und schwarzen Perlenohrringen. Giorgos sieht eine wunderschöne Frau vor sich, die sich absolut bedingungslos und selbstlos für Sotis geopfert hat, während die anderen Frauen in ihrem Alter auf Partys gingen und mit Freunden feierten. Giorgos empfindet eine unbeschreibliche Dankbarkeit, die er nicht ausdrücken kann.

»Komm, wir gehen. Ich bin bei dir. Die ganze Zeit.« Helena nimmt seine Hand und beide gehen zum Friedhof hinauf.

Giorgos war schon sehr lange nicht mehr hier. Es sind einige Leute gekommen, die Sotis kannten. Herr Topalidis, Sotis' früherer Freund und Giorgos' ehemaliger Chef aus der Fabrik. Mikis Bruder Kostas und seine Eltern. Dr. Martakis, Helenas Vater und einige mehr.

Giorgos lässt Helenas Hand los, als er Mikis Familie erblickt. Er findet das unpassend. Mikis' Mutter kommt auf ihn zu und umarmt ihn ganz fest und weint dabei.

»Oh, Giorgos. Du warst Mikis' bester Freund. Wir vermissen ihn so sehr. Wir sind so froh, dass deine

Unschuld endlich bewiesen wurde. Es tut mir so Leid um deinen Onkel. Er war unser aller Freund.«

Helena bleibt bei Mikis' Familie und ihrem Vater stehen. Giorgos geht zum Grab, das offen steht. Der Sarg aus dunklem Holz ist verschlossen und darauf befinden sich Blumenranken. Sotis hatte oft darum gebeten, keine große Zeremonie zu machen, da Giorgos der einzige seiner Familie ist und dieser wenig Wert darauf legen würde. Giorgos fällt auf die Knie.

»Oh, Onkel. Wieso hast du mich verlassen? Sieh doch. Ich bin wieder da. Wieso bist du gegangen?« Es beginnt zu regnen und Herr Topalidis hält einen Regenschirm über Giorgos, dessen Tränen auf die Erde fallen.

Nach einer kurzen Predigt wird ein Holzkreuz in den Boden geschlagen.

Sotis Galanis
*27.02.1889
+09.01.1961

»Das war ich ihm schuldig«, sagt Topalidis, während er Giorgos' Schulter drückt, der immer noch vor ihm in der nassen Erde kniet.

»Danke. Das ist ein schönes Kreuz.« Giorgos wirft eine Hand voll Erde auf den Sarg von Sotis.

Langsam gehen alle am Grab vorbei und jeder wirft eine Handvoll Erde hinein. Giorgos bleibt mit Helena zurück.

»Komm, wir gehen.« Sie beugt sich zu ihm und greift seine Hand.

»Ich möchte noch eine Weile alleine bleiben. Ist das in Ordnung für dich?«

»Sicher. Ich komme morgen zu dir, wenn du einverstanden bist.«

»Danke, Helena. Wenn ich an den Himmel glauben würde, dann würde ich sagen, dass du ein Engel bist.«

Giorgos kniet am Boden und das Grab ist inzwischen von den Bestattern vollständig mit Erde gefüllt worden.

»Es war ein Fehler von mir, zu gehen, Onkel. Deutschland hat mir nichts gebracht. Ich bin zurück. Mein Bruder Mikis lebt nicht mehr. Ich bringe kein Geld mit, sondern nur Kummer. Ich weiß nicht, wie ich den morgigen Tag überstehen soll. Du hast mir immer gesagt, dass meine Eltern im Himmel sind und dass wir alle irgendwann dahin kommen. Wenn wir Gottes Gebote folgen. Ich habe alles befolgt, Onkel. Ich habe mich nie widersetzt. Ich wollte alles glauben, was du glaubst. Und ich wünsche mir so sehr, dass es so ist, wie du es dir vorstellst.«

Giorgos ist inzwischen vom Regen durchnässt und es wird langsam dunkel. Es sind nur noch die Kerzen der anderen Gräber zu sehen.

Der Regen hört in dieser Nacht nicht auf. Giorgos bleibt in dieser Nacht an Sotis' Grab und versucht verzweifelt einen Sinn zu finden, eine Antwort auf all

das, was passiert. Schließlich schläft er auf Sotis'
Grab ein. Und der Regen hört nicht auf.

Giorgos wacht erst am nächsten Morgen auf dem
Friedhof auf. Helena ruft nach ihm.

»Giorgos. Bist du verrückt? Du musst sofort nach
Hause. Sieh dich nur an. Was tust du denn?«

»Ich bin eingeschlafen.«

»Los, komm jetzt. Ich bringe dich nach Hause.« Helena greift seine Hand und hilft ihm hoch.

»Warte. Stopp.« Giorgos hat Mikis' Grabstein erblickt.

Helena lässt seine Hand los. Giorgos steht vor einem
großen weißen Stein.

Mikis Lembesis
*19.11.1934
+25.06.1958

»Oh Mikis, mein Bruder. Ich habe dich im Stich gelassen, als du mich gebraucht hast. Ich hätte dich
doch beschützen sollen. Ich habe versagt. Verzeih
mir, mein Freund.« Giorgos berührt den Stein.

»Es ist nicht deine Schuld. Hörst du? Du kannst
nichts dafür. Das Gericht von Athen hat dich freige-
sprochen.« Helena weiß, dass das nicht ganz stimmt.
Eolina oder vermutlich ihr Vater hatte für die Freilassung gesorgt.

Helena bringt Giorgos nach Hause und hilft ihm aus dem nassen Anzug.

»Und jetzt legst du dich hin und ich mache dir einen Tee.« Helena hat schon Feuer im Ofen gemacht und setzt bereits Wasser auf.

Giorgos liegt in Sotis' Bett unter einer warmen Decke. Er schläft schließlich ein. Giorgos kann in diesem Winter die Kälte nicht aus dem Haus halten. Die Fenster und die Tür sind undicht. Er konnte auch nicht genug Brennholz besorgen. Und so bewohnt er nur noch Sotis' Zimmer, um nicht beide Räume beheizen zu müssen. Giorgos' Zimmer wird immer feuchter und der Putz bröckelt in den nächsten Tagen von den nassen Wänden.

An den folgenden Tagen kommt Giorgos nicht aus dem Haus. Helena kommt und bringt ihm etwas zu essen oder kocht für ihn. Als Giorgos schließlich Kleo erblickt, kommt er endlich heraus.

»Meine Güte, was bist du für ein großer Hund?«

Kleo springt Giorgos sofort an und schleckt ihm das Gesicht ab.

»Na prima. Jetzt bin ich abgemeldet, oder?«, fragt Helena Kleo scherzhaft.

Giorgos spielt mit Kleo eine Weile hinter dem Haus während Helena die Zeit nutzt, um etwas Ordnung im Haus zu machen. Und immer wieder sucht sie den richtigen Moment, um ihm zu gestehen, dass Eolina ihm zur Freiheit verholfen hat. Sie nimmt sich vor, noch eine Weile zu warten.

Kapitel 5:

Giorgos ist nicht einverstanden, von Helena weiterhin so bemuttert zu werden.

»Hör mal. Ich komme alleine klar. Ich danke dir für deine Hilfe. Du bist ein guter Mensch, Helena«, sagt er ihr, während sie das Geschirr in einer Eisenschüssel spült.

»Ich helfe dir doch gerne. Magst du nicht mehr, dass ich komme?«

»Versteh mich nicht falsch, bitte. Ich will mich nach Arbeit umhören und auch das Haus ein bisschen auf Vordermann bringen.«

»Ich kann dir doch helfen. Wer soll dir helfen, wenn du vor Erschöpfung umkippst? Denk an dein Herz, Giorgos«, erwidert Helena.

»Du warst Mikis' Freundin und ich möchte nicht das es aussieht, als ob… du weißt schon, was ich meine. Du bist ja täglich hier und so.«

»Du spinnst wohl.« Helena ist sauer. – »Hast du sie noch alle? Ich helfe dir doch nur, weil ich mich sonst um dich sorge. Ich habe es Sotis versprochen. Du bist echt ein Idiot. – Komm, Kleo, wir gehen!« Helena verlässt sauer das Haus und Kleo läuft ihr hinterher.

»Helena, warte bitte. Helena!« Giorgos geht ihr hinterher, doch Helena reagiert nicht.

»Verdammt. Mist.« Giorgos ärgert sich über sein eigenes Verhalten. *Wie sollte er es denn besser ausdrücken? Was sollen Mikis' Eltern denken, wenn sie He-*

lena ständig bei ihm sehen? Das Kann er Mikis nicht antun.

In den folgenden Wochen kommt Helena nicht und Giorgos versucht sein schlechtes Gewissen zu ignorieren. Nach vielen vergeblichen Versuchen, Arbeit in Laurion zu finden, geht er schließlich zur Silbermine, in der seit einiger Zeit nur hauptsächlich nach Edelsteinen gesucht wird. Nach zwei Tagen, am 2. März 1961, nimmt Giorgos die Arbeit in der Mine auf. Die Arbeit, vor der ihn Sotis gewarnt hatte. Die regelmäßig einstürzenden Stollen, der Staub und die Belastung. Wenn Giorgos das Haus richten will, muss er hier durchhalten.

Drei Wochen später, an einem Abend, bellt Kleo vor Giorgos' Türe.

»Na Du, Hübsche. Ich habe dich vermisst.« Giorgos streichelt Kleo, die ihm die Hand abschleckt.

»Ich komme wegen der Untersuchung. Ich habe auch die Medikamente dabei.« Helena drückt Giorgos eine Packung mit Tabletten in die Hand. »Ich muss dich abhören. Oder soll lieber mein Vater kommen?« Helena stellt ihre Tasche auf den Tisch und holt das Stethoskop heraus.

»Helena. Hör mal. Es tut mir leid.« Giorgos stellt sich hinter sie und nimmt ihre Hand. Helena zieht die Hand weg.

»Mach dich bitte frei und setz dich aufs Bett.«

Giorgos zieht sein Hemd aus und setzt sich hin. Helena legt das Stethoskop auf seine Brust und hört ihn ab. Giorgos schaut dabei in ihr Gesicht.

»Es tut mir wirklich leid, Helena.«

»Ich habe gehört, dass du in der Mine angefangen hast. Herzlichen Glückwunsch. Wenn du früh sterben willst, dann ist das der richtige Weg. – Noch bist du soweit gesund, so wie ich das hier höre.« Helena hört seinen Rücken ab.

»Mach dir keine Sorgen. Das ist nicht so schlimm, wie alle sagen«, antwortet er, während er tief ein- und ausatmet.

»Ich mach mir keine Sorgen. Das ist dein Leben. Es geht mich nichts an. – So, fertig. Wie gesagt – du bist soweit noch ganz fit.« Helena schließt ihre Tasche und geht zur Tür. »Komm, Kleo.«

Sie geht hinaus ohne sich zu verabschieden. Giorgos zieht sein Hemd an und schaut ihr noch hinterher. Sie hat ihn im Gefängnis besucht, für seine Freilassung gekämpft, sich um Onkel Sotis bis zu dessen Tod gekümmert und er hat sie so blöd vor den Kopf gestoßen. Sein schlechtes Gewissen kann Giorgos nicht mehr unterdrücken.

Als Giorgos nach zwei Wochen Arbeit seine erste Lohntüte erhält, macht er sich daheim an die Arbeit.

In den folgenden Tagen beginnt Giorgos den Hof und den Garten in Ordnung zu bringen. Das Unkraut muss raus. Sotis hatte Gemüse angebaut. Davon ist nichts mehr zu sehen. Die ersten Samen besorgt sich

Giorgos vom Markt. Er baut die Beete wieder so an, wie Sotis es früher getan hat. Mit dem Lohn, den Giorgos nun verdient, kann er das Haus wieder richten. Der Winter hat seine Spuren hinterlassen. Löcher im Dach, kaputte Latten am Zaun und die Farbe, die ganz langsam von den Wänden abbröckelt.

Giorgos steht in seinem Zimmer und räumt die Wände frei. Er entdeckt an der Wand an seinem Bett das große Bild, das er vor Jahren von Eolina in die Wand gekratzt hat. Es sind nur noch leichte Spuren vorhanden. Giorgos wird traurig. Ob sie ihn aus ihrem Gedächtnis gelöscht hatte? Er nimmt eine große Bürste und schleift die ganze Wand ab. Stück für Stück verschwindet die letzte Spur von Eolina aus diesem Haus. Die Papierzeichnungen hat er schon vor langer Zeit vernichtet.

So schleift er nach und nach alle Wände des Zimmers ab und auch die Außenwände des Hauses. Den Zaun bessert er aus und ersetzt auch dort die mittlerweile fehlenden oder gebrochenen Latten. Als Giorgos im Dorfladen Wandfarbe bestellt, kommt Dr. Martakis, Helenas Vater, herein.

»Guten Tag, Giorgos. Wie geht es dir? Helena hat mir gesagt, dass du in der Mine arbeitest. Das ist nicht gut für dich. Wirklich nicht.«

»Ich weiß, Doktor. Aber so schlimm wie früher ist es nicht. Die haben dort wirklich viel getan, damit den Arbeitern nichts zustößt.« Giorgos schaut dabei zu Boden.

»Und hat sich denn deine Eolina gemeldet bei dir?«, fragt Dr. Martakis nach.

»Eolina? Wieso denn? Das versteh ich jetzt nicht.« Giorgos ist verwundert.

»Sie hat dich doch aus dem Gefängnis geholt. Sotis hatte ihr den Brief geschrieben und daraufhin kamst du überraschend frei. Ich dachte nur, dass ihr vielleicht jetzt wieder mehr Kontakt habt.« Dr. Martakis wundert sich, dass Helena Giorgos nicht von Eolina erzählt hat.

»Ähm, ja sicher. Klar. Ja ja. So ab und zu schreiben wir.« Giorgos tut so, als wüsste er Bescheid. – »Ich muss dann mal los. Bis dann, Herr Doktor.« Giorgos greift sich die Quittung vom Tresen und geht hinaus.

Er ist komplettdurcheinander. Sein Herz rast. Er geht immer schneller. Er geht nicht nach Hause, sondern zu Helena.

Wütend ruft er vor ihrem Haus.

»Helena! Helena!« Er steigt dabei auf die kleine Vormauer an dem Haus. Kleo bellt aus dem Haus. Und kurz darauf steht Helena am Fenster.

»Spinnst Du? Hör auf, so herumzuschreien. Was ist denn?« Helena ist es offensichtlich unangenehm, dass Giorgos so laut ruft.

»Ist es wahr?«, ruft dieser noch genauso laut.

»Was denn?«

»Eolina. Eolina war es, die mich rausgeholt hat?«

Helena fällt der Ausdruck aus dem Gesicht und gleichzeitig sucht sie nach Worten.

»Giorgos. Sotis hat es mir gesagt, bevor er starb. Ich wollte es dir sagen. Aber Sotis, die Beerdigung und das alles. Ich wollte noch kurz abwarten bis du dich gefangen hast. Und dann hast du mich weggeschickt. Ich kam nicht mehr dazu.« Helena fühlt sich schuldig.

»Du weißt genau was mir Eolina bedeutet und hast mir nichts gesagt. Ich habe so lange gelitten. Sie wartet vielleicht auf eine Nachricht von mir und du sagst einfach nichts.« Giorgos ist sehr wütend auf Helena.

»Giorgos. Es tut mir leid. Ich wollte es dir doch sagen. Wann hätte es dir denn am besten gepasst? Sag mir wann? Auf dem Friedhof? Wann?« Helena kommt hinaus in den Hof und steht nun vor Giorgos am Zaun.

»Sotis hatte sie gebeten mit ihrem Vater zu sprechen, da dieser inzwischen Stadtratsvorsitzender von Athen ist. Und offensichtlich hat sie es getan.«

»Lass mich ab jetzt in Ruhe, Helena. Hörst du? Ich habe keinen Bedarf an deinen Untersuchungen. Es geht mir gut. Und auch deinen Vater will ich nicht sehen.« Giorgos geht.

»Giorgos! Giorgos!« Helena weint und bückt sich zu Kleo, nimmt sie in den Arm und schaut Giorgos noch hinterher.

Giorgos kann es nicht fassen. *Eolina holt ihn aus dem Gefängnis und er meldet sich nicht mal bei ihr. Was soll sie nun von ihm denken?* Sofort geht er in sein Zimmer und schmeißt alles durcheinander auf der

Suche nach Papier und einem Stift. Er wird ihr einen Brief schreiben. Und noch lange sitzt er am Tisch und versucht, die richtigen Worte zu finden.

Liebe Eolina,

ich bedaure es sehr, dass Du nicht früher eine Nachricht von mir erhalten hast. Ich habe erst jetzt erfahren, dass ich nur durch Deine Hilfe aus dem Gefängnis freikam. Dass Du Dich für mich eingesetzt hast, zeigt mir, dass ich Dir nicht vollkommen gleichgültig bin. Das freut mich sehr. Vor allem, weil das auch bedeutet, dass Du an meine Unschuld glaubst. Mikis war mein bester Freund und für mich wie ein Bruder. Ich hätte alles gegeben, um ihn zu beschützen. Ich möchte mich von ganzem Herzen bei Dir bedanken und möchte sehr gerne erfahren, wie es Dir geht. Ich habe Dich nie vergessen und habe immer tief in mir die Hoffnung gehabt, von Dir ein Lebenszeichen zu erhalten. Ich warte sehnsüchtig auf eine Nachricht von Dir.
Bis Bald

Erwartungsvoll,
dein Giorgos

Giorgos ist sauer auf Helena und gleichzeitig voller Freude über Eolinas Hilfe. Er kann ihr nicht egal sein, wenn sie das tut. Und wenn ihr Vater ihn rausholt, dann ist ihr Vater vielleicht auch nicht so ein Unmensch, wie Giorgos immer dachte.

Endlich ist ein kleines Lächeln in Giorgos Gesicht. Schon lange gab es nichts in seinem Leben, das in ihm positive Gefühle ausgelöst hat.

Es dauerte einige Wochen, bis der Briefträger an Giorgos Gartentür steht und nach ihm ruft.

»Endlich. Gib schon her. Danke.« Giorgos rennt sofort ins Haus. Er ist voller Farbe, da er gerade sein Zimmer streicht.

Der Brief den er Eolina geschickt hatte, ist zurückgekommen. Ungeöffnet. Mit dem Stempel: zurück an Absender. *»Annahme verweigert«*.

»Wieso kommt der Brief zurück? Wollte Eolina noch nicht einmal lesen, was ich geschrieben habe?« Giorgos setzt sich auf den Boden und lehnt sich mit dem Kopf an die frisch gestrichene Wand. Er versucht Antworten zu finden.

»Wieso hilft sie mir denn, wenn sie von mir nichts wissen will? Wollte sie nur, dass ich aus der Nähe von Athen verschwinde? War das Gefängnis zu nah an ihrer Welt? Wollte sie nicht, dass ich ihr so nah bin?« Giorgos denkt sich, dass Eolina ihn aus ihrer Nähe haben wollte. Bestimmt hat sie jemanden, und deswegen hat sie dafür gesorgt, dass Giorgos aus Athen verschwindet.

Giorgos steckt den Brief in die Hosentasche und geht hinaus. Er geht über die Felder zu dem Stein, auf dem er Eolina das erste Mal küsste. Dort, wo alles begann. Dort, wo er ihr den schönsten Sonnenaufgang der Welt zeigte. Er sitzt dort eine Weile und versucht nicht weiter nach Antworten zu suchen. Er holt den Brief aus seiner Hosentasche und zerreißt ihn. Er hat die Hände voll mit kleinen Papierschnipseln. Er lässt sie über die Klippe ins Meer fallen. Wie Schnee fallen die Schnipsel hinab und werden vom Meer hinausgetragen. Giorgos setzt sich hin und eine Träne läuft ihm über die Wange. Er wischt sie aus seinem Gesicht.

»Du bist weg. Ich werde nie wieder einen Gedanken an dich verschwenden. Für mich existierst du nicht mehr.«

Giorgos wird nun sauer auf das Verhalten, dass er nicht richtig deuten kann, dennoch zieht er seine Konsequenzen daraus und beschließt Eolina aus seinem Leben zu verbannen.

In den folgenden Tagen, streicht er das komplette Haus von innen und außen. Der Zaun sieht aus wie neu und selbst der Garten beginnt zu blühen.

Seit Helena ihm keine Medikamente mehr bringt, geht es ihm schlechter. Vor allem der Staub in der Mine setzt ihm zu. Giorgos hat oft Hustenanfälle, die mehrere Minuten anhalten. Die Arbeit an dem Haus strengt ihn zusätzlich nach der Arbeit in der Mine an. Er ist inzwischen durch die Schufterei und Schlepperei in der Mine und auch daheim weitaus kräftiger geworden. Seine Haare sind inzwischen schulterlang und nur noch unregelmäßig rasiert er sich. Er lässt sich wieder gehen und nur das Haus macht noch einen ordentlichen Eindruck.

An einem Sonnabend klopft Dr. Martakis an der Giorgos Tür.

»Guten Abend, Giorgos.«

»Guten Abend.«

»Du hast Sotis', ich meine, dein Haus wunderbar hergerichtet. Es sieht gut aus. Die Leute im Dorf schwärmen für das, was du gemacht hast. Gut gemacht.«

»Danke, Herr Doktor.«

»Ich weiß, du hast keine Tabletten mehr. Hier. Nimm sie bitte.«

Herr Martakis streckt ihm eine Schachtel mit Medikamenten entgegen. Giorgos nimmt sie dankend an.

»Hör mal, Giorgos. Helena tut das ganze sehr leid. Und mir auch. – Denkst du nicht, es ist unfair, sie zu bestrafen?«

»Ich … Also, ich .... Ich habe mich echt geärgert.«

»Ich verstehe dich. Aber sei nicht zu hart. Sie ist alles, was ich habe. Seit ihre Mutter tot ist, behüte ich sie wie einen Schatz. Und deine Worte haben ihr sehr zugesetzt.« Dr. Martakis klopft Giorgos auf die Schulter. – »Denk mal nach, Giorgos, bitte.«

»Danke für die Medikamente.« Giorgos steht auf und stellt sich an die Tür, sodass Herr Martakis zum Gehen aufgefordert wirkt.

Bald darauf nimmt er eine Tablette und legt sich ins Bett.

Am darauf folgenden Sonntag steht Giorgos in seinem selbst angelegten Garten. Die ersten Blumen blühen schon. Er schneidet zwei kleine Sträuße und macht sich auf den Weg zum Friedhof. Er legt einen Strauß auf Mikis' Grab und mit dem zweiten geht er zu Sotis' Grab.

Er kniet sich hin und legt diesen ganz nah an das Kreuz.

Giorgos tut sich schwer an Gott und den Himmel zu glauben. Schließlich musste er ohne Eltern aufwachsen. Und nun auch ohne Onkel und ohne seinen besten Freund. Wie kann er da an einen Himmel glauben, einen gütigen Gott? Giorgos hat nie gebetet und das wird er auch in Zukunft nicht tun. Die Sonne hat in den letzten Tagen alles auf dem Grab verdorren lassen. Er plant, öfter zu kommen, um den Ort etwas zu pflegen, an dem sein Onkel liegt. Mikis' Grab sieht sehr liebevoll gepflegt aus. Unweit von Sotis' Grab entdeckt Giorgos ein weiteres Grab.

EOLINA MARTAKIS
*22.07.1920
+24.09.1952

Der Name »Eolina« ruft in Giorgos leichte Wut hervor. Das ist Helenas Mutter, Dr. Martakis' Frau. Es ist ein wunderschöner weißer Marmorstein. Engelsfiguren zieren das Grab, das stärker blüht als Giorgos ganzer Garten. Frisch gepflanzte Blumen und die Erde ist noch nass – frisch gegossen.

»Was willst du hier?« Helena steht hinter ihm mit einer Gießkanne in der Hand. – »Geh zur Seite, ich muss gießen.«

»Helena. Bitte hör mich an.« Giorgos greift ihre Gießkanne und stellt sie auf den Boden. »Es tut mir sehr leid, dass ich dich auf solche Art verletzt habe. Du hast das nicht verdient. Entschuldige bitte. Du warst stets da, für mich und meinen Onkel, und ich danke es dir mit Ablehnung. Ich habe mich sehr geärgert wegen der Sache mit Eolina. Verstehst du das?« Giorgos steht vor ihr und nimmt ihre beiden Hände.

»Was ist denn nun mit Eolina?«

»Sie existiert für mich nicht mehr. Damit habe ich abgeschlossen. Ich lebe hier und ich lebe jetzt. Ich kann nur noch vorwärts und nicht zurück.«

Helena zieht ihre Hände weg und ergreift die Gießkanne.

»Das tut mir Leid für dich, dass es nicht so gelaufen ist, wie du es gerne wolltest.« Sie gießt das Grab ihrer Mutter.

»Hör mal, Helena. Bitte lass uns Freunde sein. Ich habe doch sonst niemanden. Nur dich und Kleo.«

»Ja, das fällt dir bald ein.«

»Na gut, ich lass dich mal. Vielleicht sehen wir uns bald. Das ist ein sehr schönes Grab. Ich wusste nicht, dass deine Mutter Eolina hieß.« Giorgos geht.

»Hat mein Vater die Medikamente gebracht, die du brauchst?«, ruft sie Giorgos hinterher.

»Ja. Vielen Dank. «

Zwei Tage später, am 9 April 1961 stürzt in der Mine ein Stollen ein, dabei werden neunzehn Arbeiter schwer verletzt.

Völlig außer sich steht plötzlich am Nachmittag Helena vor Giorgos' Haus.

»Giorgos! Giorgos! Bist du da? Giorgos?«, ruft sie aus voller Kehle und völlig außer Atem.

Kleo hat Giorgos hinter dem Haus im Garten entdeckt und bellt.

»Gott sei Dank. Oh, Giorgos.« Helena fällt ihm um den Hals. »Ich habe von dem Unglück in der Mine heute Morgen gehört. Ich wäre fast vor Angst gestorben.« Helena zittert am ganzen Körper.

»Hey, beruhige dich doch. Es geht mir gut. – Ich belade seit einer Woche nur noch die LKWs vor der Mine. Ich bin nicht mehr drinnen eingesetzt.«

Giorgos wundert sich stark über ihre Sorge. – »Komm setzt dich hin. Ich bringe dir ein Glas Wasser.«

Er setzt Helena auf eine kleine Bank an der Hauswand in den Schatten. Helena ist sichtlich erleichtert und drückt Kleo ganz fest vor Freude.

»Es muss wohl sehr übel drinnen gewesen sein. Neunzehn Menschen, die verletzt sind und wohl so schnell nicht mehr arbeiten und Geld verdienen können. Und das nur weil irgendjemand bestimmt an der Sicherheit im Stollen gespart hat. Hoffentlich kriegen die Verantwortlichen ihre Strafe.« Giorgos ärgert sich über diese Fahrlässigkeit. Seit Beginn des Bergbaus in Laurion sind hunderte von Menschen schon in der Mine umgekommen.

»Dein Garten ist sehr schön. Und auch das Haus hast du gut gemacht.« Helena schaut sich um.

»Du bist jederzeit willkommen. – Du natürlich auch.« Giorgos streichelt Kleo über den Kopf und wirft einen kleinen Ball ins Gras.

Helena schaut den beiden beim Spielen zu. Die Sonne scheint auf das frische grüne Gras, das Giorgos sehr schön pflegt. An der Hauswand entlang hat er die Waschstelle neu gestaltet und auch eine neue Holzkonstruktion für die Waschschüssel gebaut.

Helena bietet Giorgos an, etwas zu essen zu bereiten.

»Ich werde einkaufen müssen. Du hast leider nichts im Haus. Wovon lebst du eigentlich?«, fragt Helena ratlos, da sie keine Lebensmittel im Haus finden konnte.

»Früher lebte ich von Luft und Liebe, und es hat geklappt. Jetzt versuche ich es nur mit der Luft. Es tut mir Leid, Helena, ich habe es nicht geschafft etwas zu kaufen. Habe den Tag hinter dem Haus verbracht.«

Giorgos lacht. Er holt ein paar Scheine aus der Hosentasche und drückt sie Helena in die Hand.

»Helena!« ruft er ihr zu, als sie schon losgehen will. – »Ich danke dir für das, was du tust. Wirklich.«

Giorgos tobt noch eine Weile mit Kleo hinter dem Haus im Gras. Er stellt das Radio ganz laut, sodass die Nachbarskinder, die auf der Straße spielen, schon am Zaun stehen, um zu sehen, was da los ist. Immer wieder bespritzt Giorgos die Kinder mit Wasser, wenn er am Zaun vorbeiflitzt und ihm Kleo hinterher jagt.

Helena wundert sich, als sie zurückkehrt.

»Ich dachte schon, es hätte sich ein Zirkus in Laurion eingefunden. Aber irgendwie ist es ja auch so. Ihr beiden gebt die Vorstellung und die Kinder am Zaun wundern sich.« Helena lacht, während sie das Radio leiser stellt. – »Ich kann ja mein eigenes Wort nicht mehr verstehen.«

Giorgos stellt das Radio ein bisschen lauter, nachdem Helena ins Haus geht.

Sie bringt die Tischdecke und Geschirr heraus und deckt den Tisch, den Giorgos hinter dem Haus aufgebaut hat.

Er spielt noch eine Weile mit Kleo draußen, bis der Geruch von Strifópita nach draußen dringt und die beiden hinein lockt. Giorgos liebt die Blätterteigschnecke mit Weißkäsefüllung.

»Hmmmm. Endlich mal wieder was Warmes. Wir sind am verhungern.« Giorgos trocknet seine Hände und sein Gesicht mit einem Handtuch ab und fragt Helena, ob er helfen kann.

»*Wir* sind am verhungern? Also bei dir bin ich mir sicher. Bei Kleo bin ich mir nicht so sicher, ob sie Käse essen wird. Wir lassen sie mal. – Setz dich draußen hin, Giorgos. Nimm den Wein mit. Es ist alles fertig.«

Giorgos setzt sich draußen an den Tisch, das Radio klingt leise im Hintergrund und Kleo kaut auf ihrem Ball herum.

Als Helena mit einem großen Teller herauskommt, betrachtet Giorgos sie etwas genauer. Die Freude, mit der sie sich einbringt. Ob kochen oder putzen. Immer ein Lächeln im Gesicht, freundlich, fröhlich. Etwa so, wie er es vor langer Zeit war.

»Dann lass es dir mal schmecken.«

»Danke, Helena. Guten Appetit.«

Die beiden sitzen an diesem Nachmittag noch lange draußen. Giorgos holt eine neue Flasche Wein und sie unterhalten sich über Giorgos' und Mikis' Zeit in Deutschland. Giorgos versucht Mikis stets in gutem Licht dastehen zu lassen. Helena erzählt von der Zeit in Laurion, als Giorgos im Gefängnis war.

Zum ersten Mal seit langer Zeit hatte Giorgos einen richtig schönen Tag. Das Gefühl nicht alleine auf dieser Welt zu sein. Dieses Gefühl hatte er ganz oft im Gefängnis.

Es verstreichen weitere sieben Tage, bis Helena wieder bei Giorgos vorbeischaut. Sie unterstützt immer häufiger ihren Vater und begleitet diesen auch auf seinen Reisen nach Athen.

Giorgos streicht gerade hinter dem Haus Bretter, die er zu Fensterläden umbauen möchte. Die Sonne scheint heute wolkenlos und Giorgos hat sich beim Schweißabwischen das Gesicht mit blauer Farbe beschmiert.

»Hey. Na du?«, begrüßt Giorgos Kleo, die sofort losstürmt und ihn anspringt. – »Hallo, Helena.«

»Meine Güte, Giorgos. Du siehst ja schrecklich aus.« Helena lacht. – »Hast du mal in letzter Zeit in den Spiegel geschaut?«

Giorgos sieht leicht verwildert aus. Wieder so ein bisschen wie damals, als Eolina sich von ihm getrennt hatte.

Er tollt schon mit Kleo im Gras und freut sich über ihre und Helenas Gesellschaft.

»Ich glaube, du brauchst mal wieder ein Bad. Du stinkst ja richtig.« Giorgos spricht mit Kleo während er auf dem Rücken neben ihr liegt und an ihrem Fell riecht.

»Das trifft für euch beide zu«, fügt Helena hinzu.

»Hörst du das, Kleo? Sie sagt, wir müssen uns waschen. Wollen wir das? Hä? Was meinst du? Wollen wir das zulassen, dass Wasser und Seife an unser Fell kommt?« Giorgos krault Kleo den Bauch während diese sich auf dem Rücken im Gras wälzt.

Helena kippt zwei Eimer kaltes Wasser aus dem Brunnen, in den Waschzuber in dem sich Giorgos für gewöhnlich wäscht.

»Warte, ich helfe dir, Helena.«

Giorgos nimmt ihr die Eimer aus der Hand und kippt schließlich den Zuber fast ganz voll.

»Das reicht. Und wer will als erster rein?«, fragt Helena scherzhaft.

Giorgos greift Kleo und steckt sie ins Wasser. Helena bringt den Schwamm und Seife aus dem Haus. Sie bindet sich das Haar mit einem Kopftuch zusammen und bindet sich die Schürze um, die sonst nur Sotis bei der Arbeit im Haus trug.

»Fantastisch.« Giorgos lacht.

Helena spritzt ihn mit Wasser an. Beide fangen an Kleo zu waschen. Es schäumt und spritzt durch den ganzen Hinterhof. Es ist ein schöner warmer Sonniger Tag. Und beide haben zum ersten Mal wieder Spaß und können einfach lachen. Kleo sieht nur halb so groß aus, wenn sie nass ist.

Helena sieht in diesem Sonnenlicht bezaubernd aus. Wie sie lacht und wie sie sich die Wassertropfen aus dem Gesicht wischt. Giorgos hat sie so noch nie gesehen. Oder sie hatte so noch nie auf Giorgos gewirkt.

»Hey, starr mich nicht so an, sonst musst du auch gleich rein.«

Helena spritzt ihm mit dem Schwamm ins Gesicht.

»Na warte.«

116

Giorgos springt auf und nimmt einen nassen Lappen in die Hand. Helena rennt vor ihm weg und Giorgos hinterher. Er verfolgt sie eine kleine Weile, bis er sie schließlich von hinten an der Hüfte greift und sie ganz fest hält.

»In Ordnung. Du hast gewonnen.«

Helena hebt die Hände nach oben und lässt den Schwamm fallen. Kleo bellt die beiden von hinten an. Der Wind weht den Geruch von Helenas Haar und ihrer Haut in Giorgos Gesicht. Und er erinnert sich an den Tag, an dem sie ihn im Gefängnis, auf der Krankenstation besucht hatte.

»Komm, wir müssen Kleo trocknen, sonst habe ich bald einen verschnupften Hund.«

Helena reißt sich los und schnappt sich Kleo. Giorgos beobachtet die beiden noch einen Moment und lächelt dabei.

Als die Sonne langsam untergeht, verabschiedet sich Helena von Giorgos und sie verabreden sich für den nächsten Nachmittag, nach Giorgos' Arbeit.

»Gib bitte Acht auf dich. Bis Morgen.« Helena gibt Giorgos einen Kuss auf die Wange, die unter seinem Vollbart zu vermuten ist.

»Bis morgen.« Giorgos sieht ihr nach und lächelt.

Er räumt weiter im Haus auf und versucht es etwas wohnlicher zu gestalten. Es steht noch viel herum, seit er mit den Ausbesserungen begonnen hat. Sein Zimmer konnte er bereits fertigstellen. Die Wände sind schneeweiß und auch eine Türe hat er bereits begonnen zu bauen.

Kapitel 6:

Am nächsten Tag streicht Giorgos mit weißer Farbe die Decke im Haus. Dabei tropft ihm die Farbe ständig ins Haar und ins Gesicht.

Hinter dem Haus versucht Giorgos die weiße Farbe so gut wie möglich abzuwaschen.

»Na, versuchst du wie ein Dalmatiner auszusehen, um Kleo zu gefallen? – Ich denke sie mag dich auch ohne Punkte.« Helena steht an der Ecke mit Kleo und lacht.

»Das ist der letzte Schrei. Ich hatte ja gehofft, Komplimente für mein Aussehen zu bekommen.«

Giorgos betrachtet sein Gesicht im Spiegel, dann sieht er zu Helena und Kleo. Helena trägt einen weißen langen Rock aus dünnem Stoff, der ganz leicht im Wind weht. Und wenn sie in der Sonne steht, kann Giorgos ihre Beine durch das Kleid schimmern sehen. Ihr Haar trägt sie offen und hat eine kleine Blume darin. Ihre Bluse ist ebenfalls weiß und so weit, dass sie im Wind flattert. Dazu trägt sie braune Sandalen und ein kleines Fußkettchen.

»Ist alles in Ordnung mit dir? Du wirkst abwesend. Hat dich dein Gesicht so sehr erschrocken?«, scherzt Helena. »Ich denke es ist der richtige Moment, dich von deinem Bart zu trennen. Oder was meinst du, Giorgos?«

»Ja. Das stimmt. Schau dir mal das Haus an. Ich habe die Decken gestrichen.«

Giorgos taucht seinen Kopf in die Waschschüssel und schüttelt seine langen Haare.

»Das sieht wirklich toll aus. Und ganz hell. Du machst das Haus sehr schön. – Hier, bitte sehr.« Helena hat seine Rasierutensilien aus dem Haus mitgebracht und reicht ihm diese.

Giorgos greift danach und berührt ihre Hand. Helena zieht die Hand zurück und überlässt ihm das Rasiermesser allerdings nicht.

»Darf ich das machen?«, fragt sie Giorgos.

»Ähm. Lieber nicht. Ich weiß nicht, ob ich hinter dem Haus verbluten will.« Giorgos lacht.

»Angst?«

»Nein. –Ich habe keine Angst. Hast du das schon einmal gemacht?«

»Sicher. Sieh dir doch mal meine Beine an.« Helena zieht ihren Rock über das Knie und zeigt Giorgos ihre glatten Beine. »Außerdem sehe ich immer zu, wenn die Bauern die Schafe scheren. Und im Moment gibt's kaum einen Unterschied zwischen dir und einem schwarzen Schaf.« Helena lacht, greift sich eine kleine Schale und beginnt den Rasierschaum anzurühren.

»Na los. Setz dich hin«, fordert sie Giorgos auf, der leicht blass wirkt.

Giorgos trocknet sein Gesicht ab und setzt sich auf das kleine Bänkchen im Schatten der Hauswand. Helena zieht ihm sein T-Shirt aus und wirft es auf Kleo, die sofort das Bellen anfängt.

»Ja, ich weiß, es riecht streng. Wir machen Giorgos jetzt wieder hübsch, dann ist es auch mit diesen üblen Gerüchen vorbei«, spricht Helena scherzhaft mit Kleo.

Helena schneidet mit einer kleinen Schere zuerst die längeren Barthaare vor. Ganz vorsichtig und behutsam. Immer wieder hält sie dabei mit der anderen Hand Giorgos' Kinn und dreht sein Gesicht so, wie sie es braucht. Sie greift sich den Pinsel und schäumt seinen Bart ein. Sie lächelt dabei immer wieder.

»Sieh mal, Kleo, der Weihnachtsmann ist da«, ruft sie ihrem Hund zu. Beide lachen.

»So. Jetzt würde ich an deiner Stelle stillhalten.« Helena legt das Rasiermesser an. Giorgos sieht ihr in die Augen, während sie ganz vorsichtig die ersten Barthaare abrasiert. Ganz sanft gleitet die Klinge über seine Wange. Er betrachtet ihre Lippen, die sich ganz leicht öffnen, wenn sie die Klinge ansetzt. Ihre Haare wehen sanft in ihr Gesicht und flattern an ihrem Hals. Giorgos kann ihre Haut riechen. Sie riecht wie eine Blumenwiese. Er spürt ihre Hand auf seiner Wange. Langsam beginnt er sie richtig zu mustern. Wenn sie sich vor ihn beugt, kann er in die Bluse auf ihren weißen BH sehen und auch ihren Busen erahnen. Sie wirkt sehr anziehend auf Giorgos, der gerade versucht, sie nicht so anzustarren. Obwohl er eine Klinge am Hals spürt, hat er sich selten so behütet gefühlt wie in diesem Augenblick.

Helena rasiert ihm schließlich seinen Bart vollständig ab. Sie legt ihm mit ihren Händen Rasierwasser auf und hält ihm den Spiegel hin, der sonst an der Wand hängt.

»Na. Ist doch besser, oder? So mein Lieber und nun die Haare. Was machen wir damit?« Helena sieht Giorgos an, beißt sich dabei auf die Unterlippe und öffnet ihre Augen fragend ganz weit.

»Also, ich danke dir, Helena, aber ich denke beim Haareschneiden sollten wir aufhören.« Giorgos will aufstehen. Helena drückt ihn an den Schultern zurück auf den Hocker.

»Das hab ich auch schon ganz oft gemacht. Findest du den Haarschnitt meines Vaters etwa nicht gut?«

»Ähm. Du willst mir eine Halbglatze schneiden? Vielen Dank.«

»Sehr witzig. Nur ein bisschen kürzer. Vertrau mir Giorgos.« Helena sieht ihn mit ihren leuchtenden braunen Augen an und Giorgos kann sich nicht wehren.

Giorgos rückt mit dem Bänkchen von der Wand weg, sodass Helena sich hinter ihn stellen kann.

Langsam fällt eine kleine Locke nach der anderen auf den Boden. Giorgos kann Helena hinter sich spüren. Wie ihr Körper seinen berührt. Und ab und zu berührt ihr Busen ganz leicht seinen Hinterkopf.

Während sie vor ihm kniet und sein Haar an der Stirn schneidet, sieht ihr Giorgos erneut in die Bluse und auf ihren weißen BH, der mit einer kleinen Stoffblume zwischen den Brüsten verschlossen ist. Er zwingt sich seine Augen wegzudrehen, aber er kann nicht. Die Art und Weise, wie sie das macht, macht sie so unwiderstehlich und attraktiv.

»So. Du hast es überstanden.«

Helena verwuschelt Giorgos Haar und hält ihm einen kleinen Taschenspiegel vor sein Gesicht.

»Also, das kannst du echt gut, Helena. Danke sehr.«

Giorgos steht auf und schaut sich in dem größeren Spiegel an, der wieder an der Hauswand hängt. Helena stellt sich hinter ihn, und beide schauen sich im Spiegel an.

»Jetzt siehst du wieder wie ein Mensch aus.« Helena greift Giorgos von hinten auf die Schultern und beugt sich über die rechte Schulter zu ihm. Giorgos dreht sich zu ihr um und ihre Lippen berühren sich unabsichtlich und ganz kurz. Beide weichen zurück.

»Ähm. Ja. Also sieht echt gut aus. Danke nochmal.« Giorgos dreht sich verschämt weg.

Helena dreht sich ebenfalls weg und bückt sich zu Kleo. »Wir müssen gehen. Wollte ja heute nicht so lange bleiben. Ich gehe noch mit Vater auf Hausbesuche.«

»Ja. Natürlich. Also danke, dass du wieder einen Menschen aus mir gemacht hast.« Giorgos nimmt einen Handbesen und beginnt die Haare vom Boden aufzukehren.

»Bis dann, Giorgos.«

»Bis dann.«

Giorgos ist verwirrt und er bedauert es auch, Helena in eine unangenehme Lage gebracht zu haben. Aber ihre Lippen zu berühren war so wunderbar. Auch wenn es nur so kurz war. So weich und so warm. Es tut ihm leid und es erfreut ihn zugleich, diesen versehentlichen Kuss erfahren zu haben. *Wie kann er nur so denken? Sie ist doch schließlich die Freundin von Mikis gewesen. Und Mikis war und ist sein bester Freund. Das wird immer so sein. Wie kann er dann dessen Freundin küssen oder nur daran denken?* Giorgos versucht seine Gedanken zu ordnen. Er sitzt an diesem Abend noch lange hinter dem Haus mit einer Flasche Wein und seinem Zeichenblock.

Er zeichnet Bilder von Helena, Kleo und Sotis, die ihm so durch den Kopf gehen.

An den folgenden Tagen kommt Helena nicht und Giorgos beschäftigt sich weiter mit dem Haus. Das Haus sieht inzwischen wie die anderen Häuser der Nachbarschaft aus. Schneeweiß mit dunklen Türen und blauen Fenstern. Der Garten blüht in voller Pracht und selbst das Dach hat er inzwischen repariert. Giorgos steckt sein ganzes Geld in das Haus von Sotis. In sein Haus. In Sotis' ehemaligem Zimmer hat Giorgos Bilder von seinen Eltern, von Sotis und auch von Mikis aufgehängt. Bilder, die er selbst gezeichnet hat. So kann er sich an jedem Abend, bevor er zu Bett geht, von ihnen verabschieden.

Es vergehen acht Tage, an denen Giorgos nichts von Helena hört. Schließlich begegnet er ihr auf dem Weg zurück aus der Stadt.

»Hallo, Helena.«

»Hallo, Giorgos.«

»Geht es dir gut? Du warst lange nicht mehr zu Besuch.« Beide bleiben stehen.

»Ja. Entschuldige. Ich hatte viel zu tun. Mein Vater hat mich gebraucht. Wir waren auch einige Tage in Athen. Ich konnte dort im Krankenhaus einiges lernen und durfte auch mal assistieren.«

»Das klingt toll, Helena. So kommst du deinem Traum einen Schritt näher. Das freut mich«, antwortet Giorgos.

»Ja. Das war ganz gut für mich.« Helena klingt nicht sehr überzeugend.

»Es würde mich freuen, wenn deine Zeit es zulässt, mal wieder mit Kleo vorbeizuschauen.«

»Ja. Das machen wir bestimmt bald.« Helena geht und Giorgos sieht ihr noch eine Weile hinterher.

Giorgos macht sich Vorwürfe. *Hat sie dieser versehentliche Kuss mehr gekränkt, als er dachte? Sollte er sich entschuldigen?*

Am Abend sitzt Giorgos bei Kerzenlicht in seinem Zimmer auf dem Bett mit dem Zeichenlock in der Hand. Er trinkt ab und zu einen Schluck Wein und lauscht griechischer Musik aus dem Radio. Draußen regnet es seit Stunden, und Giorgos freut sich, dass er das Dach rechtzeitig dicht gemacht hat.

Plötzlich hört er Kleos Bellen vor dem Haus. Giorgos legt den Zeichenblock auf die Seite und springt auf. Als er Tür öffnet, springt ihn schon die nasse Kleo an.

»Na du? Komm schnell rein. Du bist ja ganz nass.« Giorgos lässt Kleo ins Haus und blickt zum Hoftor, an dem Helena ganz durchnässt steht. Ihr Kleid ist klatschnass und tropft schon. Ebenso ihr Haar.

»Komm schnell rein. Meine Güte.« Giorgos geht ihr entgegen, umarmt sie und geleitet sie ins Haus.

Sofort holt er seine Decke und legt sie ihr um. Auch Kleo deckt er mit einer kleinen Decke zu und legt sofort Holz in den Ofen, an dem sich die drei platziert haben.

»Wir waren auf den Feldern spazieren. Der Regen hat uns überrascht. Erst haben wir unter den Bäumen gewartet aber dann mussten wir los, da der Regen anscheinend nicht aufhört.«

Giorgos reicht Helena ein Handtuch, mit dem sie ihre Haare abtrocknet.

»Zieh deine Sachen aus, bitte«, fordert Giorgos Helena auf.

»Bitte? Ähm.« Helena wird rot.

»Wir müssen sie trocknen. Du wirst sonst krank. – Du kannst in mein Zimmer gehen und dann bleibst du eine Weile in der Decke eingewickelt.« Giorgos öffnet ganz stolz die Tür, die er selbst zwischen Sotis'

126

und seinem Zimmer gebaut hat. Helena geht hinein und Giorgos schließt die Türe hinter ihr.

Giorgos rubbelt Kleos Fell mit der Decke ab während Helena die nassen Sachen auszieht.

Helena öffnet die Türe und kommt in der Decke eingewickelt heraus. Sie reicht Giorgos ihre nassen Sachen und geht wieder ins Zimmer hinein. Giorgos wringt die Sachen über einer kleinen Schüssel aus und hängt sie über eine Schnur, die er im Zimmer immer spannt, um Wäsche auch bei Regen oder Kälte zu trocknen.

»Wieso gehst du wieder rein?«, fragt Giorgos.

Helena kommt mit Giorgos' Zeichenblock heraus.

»Wie ich sehe haben wir dich wohl grade beim Zeichnen gestört.« Helena betrachtet das Bild, welches Giorgos gerade zu zeichnen begonnen hatte. Die Silhouette einer nackten Frau mit unvollständigem Gesicht.

»Nicht schlecht. Wer ist das?«, fragt Helena und reicht ihm den Block. Das ist Giorgos sichtlich unangenehm.

»Das weiß ich nicht. Einfach so aus meiner Fantasie.«

»Achso. Verstehe.«

Giorgos geht in sein Zimmer und wirft den Block auf das Bett.

Helena kuschelt sich in die Decke und lächelt Giorgos dabei an.

»Hör mal, Helena. Also neulich hinter dem Haus. Du weißt schon. Also, das tut mir leid.«

»Was denn?« Helena lächelt.

»Na also der Kuss. – Das war keine Absicht. Wirklich nicht. Das würde ich nie tun. Das würde ich Mikis nie antun und dir auch nicht.«

»Giorgos. Das war kein Kuss. Ich weiß ja nicht, wie lange es bei dir her ist. Aber küssen geht anders. Mach dir keine Gedanken. – Ich habe Mikis geliebt. Sehr geliebt.« Helena blickt zu Boden.

Kleo bellt und hält damit beide davon ab, in Trauerlaune zu verfallen. Sie erschrecken beide und beginnen zu lachen.

Giorgos geht an die Wäscheleine und tastet Helenas Sachen ab.

»Also, die Sachen sind bald trocken. Dann musst du nicht mehr in der alten Decke sitzen.«

»Ich mag die Decke. Als ich hier schlief, habe ich mich gerne mit der Decke zugedeckt.« Helena riecht an der Decke.

»Ich habe es gemerkt. Die Decke roch anders, nachdem ich zurück kam.«

»Anders?«, fragt Helena.

»Ich meine, sie roch gut. So ähnlich wie eine Blumenwiese.«

»Wie eine Blumenwiese?«

»Ja.« antwortet Giorgos. – »Ich finde, dass du immer wie eine Blumenwiese riechst.« Giorgos errötet und legt verschämt Holz in den Ofen nach. Helena schmunzelt.

»Ich glaube, meine Sachen sind trocken.«

Giorgos wischt sich den Ruß von den Händen ab und fühlt Helenas Sachen an der Leine. Helena steht auf und geht ebenfalls zu Leine, um zu fühlen, ob die Sachen noch feucht sind. Sie hat sich ganz in die Decke eingewickelt und kann nur kleine Schritte machen. Beide tasten nun Helenas Sachen ab. Dabei lässt Helena die Decke fallen und steht nun neben Giorgos in Unterwäsche da. Sie sieht ihm tief in die Augen und Giorgos sieht sie an. Betrachtet sie in ihrem weißen BH und weißen Höschen, ihren Körper und schließlich sieht er ihr in die Augen.

»Und das ist nun ein richtiger Kuss.« Helena streckt sich zu Giorgos und er beugt sich leicht zu ihr. Ihre Lippen begegnen sich so, wie er es sich schon lange wünschte. Sie umarmen sich und Giorgos fühlt ihren warmen, fast heißen Körper ganz nah. Er drückt sie ganz fest an sich und sie umarmt ihn dabei ebenfalls ganz fest. Sie küssen sich immer leidenschaftlicher und Giorgos ertastet ihren Rücken, ihre Hüfte und ihren Po. Nach einem langen und leidenschaftlichen Kuss gehen beide kurz auseinander und sehen sich tief in die Augen.

»Bitte Küss mich weiter«, flüstert Helena ihm zu und schließt dabei die Augen.

Giorgos umarmt sie so fest wie er es sich lange wünschte. Zärtlich erkundet er ihre Hüften und ihren

Po. Er hebt sie schließlich hoch und trägt sie in sein Zimmer.

Ihre Lippen trennen sich erst, als er sie auf sein Bett legt. Helena liegt in ihrer weißen Unterwäsche vor ihm und Giorgos beugt sich über sie. Sie küssen sich innig und ertasten ihre Körper gegenseitig im Kerzenlicht. Giorgos war dem Geruch ihrer Haut noch nie so nahe. Jeder Zentimeter ihrer Haut eine Blumenwiese. Ganz zärtlich küsst er ihren Hals, ihre Schulter. Langsam wandern seine Lippen an ihre Brust. Giorgos öffnet ihren BH und streift ihn ihr sanft ab. Er liebkost ihre Brüste, streichelt sie zärtlich. Helena kann ihre Erregung nicht unterdrücken. Sie lenkt seinen Kopf an ihrem Bauch entlang. Giorgos küsst ihren Bauchnabel und streichelt dabei ihre Oberschenkel. Er beugt sich zu ihren Füßen und küsst sie. Küsst ihre Unterschenkel, dann ihre Oberschenkel. Giorgos greift ihr an die Hüfte, an das Höschen. Helena hebt ihren Unterleib und Giorgos streift ihr das Höschen ab. Immer wieder lenkt Helena seine Lippen zu ihren. Jede Berührung durch Giorgos lässt sie erzittern und jedes Mal, wenn Giorgos sie liebevoll ansieht, fleht sie ihn an nicht aufzuhören. Beide geben sich ihrer Lust vollkommen hin. Und in dieser Nacht mehrere Male. Helena drückt ihn noch ganz lange fest an sich, bis beide spät in der Nacht einschlafen.

Ganz früh am Morgen als Helena die Augen halb öffnet und nach Giorgos tastet, liegt dieser nicht neben ihr. Giorgos lehnt an der Zimmerwand mit dem Zeichenblock in der Hand. Helena liegt nackt und aufgedeckt zu ihm gewandt.

»Was machst du?«, fragt sie ihn.

»Sieh mal. Die Frau hat ein Gesicht.« Giorgos reicht ihr den Block. Gibt ihr dabei einen innigen Kuss.

Er hat die Zeichnung vom Vortag fertiggestellt und hat Helenas Körper und Gesicht als Vorlage genommen. Im Grunde hat er sie gezeichnet.

»Ich hatte vermutlich von Anfang an vor, dich zu zeichnen.«

»Welch ein Glück, dass ich nun hier so liege. Wer weiß, wie du mich sonst gezeichnet hättest.« Helena umarmt Giorgos, der sich wieder zu ihr legt.

»Ich muss bald zur Arbeit, Helena.« Giorgos streicht ihr das Haar aus dem Gesicht.

»Ich muss dann auch nach Hause. Mein Vater kommt heute Nachmittag aus Thorikou zurück.«

»Hör mal, Helena. Ich fühle schon so lange etwas für dich. Ich hatte einfach Angst, es mir einzugestehen. Als du mich im Gefängnis besucht hattest, ist etwas mit mir geschehen, das ich nicht wahrhaben wollte. Seitdem wurde es immer stärker.«

»Ich empfinde auch schon so lange etwas für dich, Giorgos. Ich kenne dich schon so lange. Und ich kenne dich besser, als du es denkst.« Helena drückt ihn ganz fest.

Die beiden kuscheln noch eine Weile, bis sie gemeinsam das Frühstück zubereiten und Giorgos zur Arbeit geht.

Von diesem Tag an sehen sich beide jeden Tag. Helenas Vater, Dr. Martakis, ist nicht gerade begeistert von der Beziehung der beiden. Schließlich ist Giorgos nicht gerade ein Paradebeispiel für eine aussichtsreiche Zukunft. Jedoch ist ihm das Glück seiner einzigen Tochter das Wichtigste. Nach dem Tod von Mikis ist jeder, der seinen kleinen Engel glücklich macht, ein Segen.

Giorgos und Helena nutzen jede Gelegenheit, um verliebt übereinander herzufallen. Ob im Haus, hinter dem Haus, sogar auf den Feldern nutzen sie die Zweisamkeit voll und ganz für sich.

Helena ist inzwischen öfters bei Giorgos als daheim. Sofort nach der Arbeit bei ihrem Vater stürmt sie zu Giorgos. Auch Mikis' Familie ist dies aufgefallen. Giorgos konnte glücklicherweise mit Mikis Bruder Kostas und dessen Eltern sprechen. Anfangs fanden sie es taktlos von Helena eine Beziehung mit Giorgos einzugehen. Doch wen würden sie sich lieber für Helena wünschen? Helena geht mit Giorgos und Mikis' Familie regelmäßig auf den Friedhof.

Immer mehr Sachen bringt sie mit in Giorgos' Haus und schließlich ist es nicht zu übersehen, dass eine Frau im Haus ist. Die Fenster bekommen Gardinen.

Der Tisch hat eine Tischdecke und der Weg im Hof ist immer gekehrt.

Dr. Martakis ist allerdings nicht einverstanden, dass Helena bei Giorgos übernachtet. Und so kommt sie jeden Abend brav nach Hause. Und zwar, bevor es dunkel ist, sodass auch die Menschen im Dorf sehen, dass sie nicht auswärts übernachtet. Das Ansehen im Ort ist Helenas Vater sehr wichtig, da er beinahe alle Einwohner auch persönlich kennt.

Am Abend des 22. Juli, dem Geburtstag von Helenas Mutter Eolina, begleitet Giorgos Helena nach Hause. Beide waren zuvor auf dem Friedhof gewesen. Helenas Vater, Dr. Martakis, sitzt an diesem Abend im Hof.

»Guten Abend, ihr beiden«, begrüßt er sie und ist erkennbar angeheitert.

»Hallo, Papa.« Helena gibt ihm einen Kuss auf die Wange.

»Guten Abend, Herr Doktor.« Giorgos sieht vier leere Weinflaschen auf dem Tisch und ein halbleeres Glas, das Herr Martakis in der Hand hält.

»Papa! Hast du etwa alles alleine getrunken?« Helena räumt die Flaschen ab und will ins Haus gehen.

»Bring uns noch eine Flasche, wenn du raus kommst«, ruft ihr Vater hinterher. – »Setz dich Giorgos.«

Giorgos setzt sich an den Tisch gegenüber von Herrn Martakis.

133

»Und was habt ihr nun vor? Wollt ihr heiraten und Kinder bekommen? Willst du sie mit Gelegenheitsjobs versorgen? Erzähl mal.« Herr Martakis ist offenbar angetrunken und provoziert Giorgos mit den Fragen.

»Also, ich liebe Helena.«

»Ja ja.« Herr Martakis unterbricht Giorgos. »Deine Eolina hast du ja auch geliebt. Was ist das für eine Zukunft? Oder soll Helena dich versorgen?«

»Ich werde immer arbeiten, Herr Martakis. Ich habe auch immer gearbeitet. Es ist nicht viel, aber wir brauchen auch nicht viel.« Giorgos wehrt sich gegen den offensichtlichen Angriff.

»Giorgos. Versteh mich nicht falsch. Aber dein Onkel hat dir nicht gerade Wohlstand hinterlassen. Und von deinen Eltern hast du auch nichts bekommen. Sieh dich an.«

Giorgos springt auf und schmeißt dabei den Stuhl um, auf dem er saß.

»Sei jetzt nicht beleidigt. Du hast überhaupt nichts zu bieten. Und nur mit Liebe kommt man im Leben nicht weit. Das wird jede Frau irgendwann feststellen«, ruft ihm Herr Martakis hinterher.

»Was soll das?« Helena sieht ihren angetrunkenen Vater an und rennt Giorgos hinterher.

»Ihr habt doch keine Ahnung von diesem Leben«, murmelt Herr Martakis vor sich hin. Er nimmt die Flasche, die Helena im Vorbeigehen abgestellt hat, und schenkt sich nochmal das Glas voll.

»Giorgos, warte. Giorgos!« Helena packt ihn am Arm und hält ihn fest.

»Bitte entschuldige. Er hat getrunken. Das macht er nicht so oft. Heute ist Mamas Geburtstag. Ich denke, das ist der Grund.«

Helena umarmt Giorgos und gibt ihm einen Kuss auf die Wange. Giorgos ist sichtlich geknickt.

»Wie stellst du dir denn vor, wie unser Leben so aussehen soll? Sag mal.«

»Ach Giorgos, ich werde arbeiten und du arbeitest doch auch. Wir haben alles, was wir brauchen. Wir haben uns.« Helena schmunzelt.

»Helena, bitte versteh doch. Dein Vater hat Recht. Soll das ein ganzes Leben lang so gehen? Von einem Job zum anderen? Wer weiß, wie lange ich noch meine Arbeit habe? Wie soll ich denn da eine Frau und Kinder ernähren? Er steht überhaupt nicht hinter uns. Wollen wir ohne seinen Segen zusammenleben.«

»Kinder? Du hast ja schon konkrete Pläne. Und wieviel Kinder sollte ich denn gebären?« Helena lacht.

Giorgos Laune ist nicht besser geworden.

»Ich geh nach Hause, Helena. Gute Nacht.« Giorgos küsst Helena auf die Wange und geht.

»Giorgos! Mach dir nicht so viele Gedanken. Hörst du? Gute Nacht«, ruft Helena hinterher und geht zurück.

An diesem Abend liegt Giorgos noch lange wach. Er muss ständig über die Worte von Helenas Vater nachdenken. *Es steckte doch auch Wahrheit darin. Er fragt sich, wie er die Zukunft mit Helena gestalten sollte. Er hat auch Verständnis für die Sorge ihres Vaters.*

Am nächsten Tag kommt Giorgos sehr spät am Abend von der Arbeit zurück. Helena wartet auf ihn. Sie hat Essen zubereitet und Kleo rennt auf Giorgos zu, um ihn zu begrüßen. Giorgos beugt sich heute gar nicht runter zu ihr, um sie zu streicheln. Er geht emotionslos an ihr vorbei.

»Hallo, Giorgos. Ich hab mir schon Sorgen gemacht«, begrüßt ihn Helena und gibt ihm einen Kuss, den er nicht erwidert. – »Bist du immer noch beleidigt wegen gestern? Komm schon.«

»Nein, Helena. Ich hatte nur einen harten Tag. Das ist alles.« Giorgos zieht sein Shirt aus und geht hinter das Haus zur Waschstelle. Helena hat bereits einen Eimer mit Wasser daneben hingestellt. Sie kippt für ihn das Wasser in die Schüssel. Giorgos wäscht sich das Gesicht. Helena nimmt einen Schwamm und beginnt Giorgos' Rücken zu waschen.

»Bitte, Giorgos. Sei nicht so kalt zu mir. Das tut mir weh.« Liebevoll wäscht sie ihm den Rücken und sieht ihn dabei durch den Spiegel an, der an der Wand hängt. Giorgos dreht sich zu ihr um und umarmt sie ganz fest. Dabei läuft ihm eine Träne die Wange herab.

»Ich liebe dich, Helena. Sehr sogar. Du ahnst gar nicht, wie sehr.«

Helena freut sich, dass Giorgos sie festhält. Sie ist durch die Umarmung ebenfalls nass geworden und Giorgos zieht ihr das Oberteil aus, so dass sie im Rock und BH vor ihm steht. Er küsst sie leidenschaftlich, hebt sie hoch und trägt sie ins Haus.

»Hey, warte. Willst du denn nicht essen?«, fragt Helena lächelnd.

»Ich möchte ausprobieren, ob ich doch nur von Luft und Liebe leben kann.« Giorgos küsst sie, während er sie auf das Bett legt.

In dieser Nacht wird Giorgos klar, dass Helena diejenige ist, auf die sein Herz gewartet hat, um endlich zuheilen und wieder zu lachen. Die beiden lieben sich die ganze Nacht. Sie sind nicht müde, selbst, als die Sonne bereits aufgeht.

Plötzlich bellt Kleo ganz laut und kurz darauf steht Helenas Vater in Giorgos' Haus.

»Bist du von allen guten Geistern verlassen? Was tust du nur?« Herr Martakis schreit Helena an, die nur mit einem Laken bedeckt ist. – »Ich warte draußen. Beeil dich.« Er geht hinaus und Kleo bellt ihm hinterher.

Giorgos und Helena sind geschockt und bekommen keinen Ton heraus. Helena zieht verängstigt ihre Sachen an und will das Zimmer verlassen.

»Warte.« Giorgos nimmt ihre Hand. – »Du weißt dass ich dich liebe und mit dir für immer zusammen

137

sein möchte. Ich werde auch nicht zulassen, dass dein Vater das verhindert.«

»Giorgos. Das ganze Dorf wird reden. Ich hätte nicht hier bleiben dürfen. Was hab ich ihm nur angetan? Ich muss gehen. Bis später.«

Helena geht hinaus und Giorgos kann ihren Vater schimpfen hören. Als Giorgos im Hof steht, sieht er, wie die Nachbarn zu ihm sehen. Sie haben mitbekommen, wie Herr Martakis seine Tochter im Morgengrauen aus Giorgos' Haus mitgenommen hat. Als unverheiratetes Mädchen ist es ein absolutes Tabu, außerhalb des Elternhauses zu übernachten. Das ist nicht nur in Laurion eine Schande für die Familie des Mädchens.

An diesem Tag kommt Helena nicht mehr zu Giorgos und auch den nächsten vier Tagen wartet Giorgos vergeblich. Er hat aber auch nicht den Mut, zu ihr zu gehen.

Allerdings nach fünf Tagen, spät am Abend, als Giorgos bereits im Bett liegt und zeichnet, hört er Kleo bellen und springt voller Freude auf.

»Helena. Endlich. Ich habe dich so vermisst.« Giorgos umarmt sie ganz fest. Diesmal erwidert sie seine Umarmung nicht.

»Was ist denn? Was hast du?«, sieht er Helena fragend an.

»Giorgos. Ich bin verzweifelt.« Helena fängt zu weinen an.

Sie setzt sich auf Giorgos Bett und nimmt sein Kopfkissen an die Brust. Sie legt ihr Kinn darauf und sieht Giorgos mit verweintem Blick an.

»Ich bin schwanger.« Sie fängt erneut zu weinen an.

Giorgos atmet tief ein und kniet vor sie hin. Beginnt zu lächeln, umarmt sie und küsst ihre Stirn.

»Das ist doch…Also, Helena. Das ist doch…« Ihm fehlen die Worte.

»…eine Schande. Sag es, wie es ist. Es ist eine Schande, Giorgos. Ich muss gehen. Mein Vater bringt mich um, wenn er das erfährt und dich vermutlich auch.« Helena verlässt das Haus und Giorgos bleibt sprachlos auf dem Boden kniend zurück.

Was hat er Helena nur angetan? Wie soll es weitergehen? Eine junge Frau, unverheiratet, schwanger? Eine Katastrophe. So etwas hört man sonst nur aus Athen oder den anderen großen Städten. Giorgos liegt noch lange nachdenklich wach und fragt sich, was er tun kann, um Helena nicht zu beschämen.

Am nächsten Morgen steht Giorgos ganz bald auf und geht zum Friedhof, um Sotis' Grab zu gießen und ihn um Rat zu bitten. Es ist Sonntag und da steht die Mine still. Als er am Brunnen auf dem Friedhof Wasser holen möchte, entdeckt er eine Frau mit einem schwarzen Kopftuch vor dem Grab von Helenas Mutter Eolina knien. Er geht näher, um zu sehen, wer das ist. Leise schleicht er sich von hinten heran. Und leise hört er eine traurige Stimme:

»Sieh nur, Mama, was ich dir und Papa angetan habe. Ich habe nur an mich gedacht und alles andere war mir egal. Ich bringe Schande über unsere Familie. Du und Papa habt mir immer alles gegeben, was ihr geben konntet. Bitte verzeih mir. Ich habe so vieles vergessen, was ihr mir beigebracht habt. Ich wünschte, du wärst bei mir. Du hattest immer einen Rat, wenn ich einen gebraucht habe.«

Helena bittet ihre Mutter mit dünner leiser Stimme um Verzeihung.

Ganz langsam und sanft kniet sich Giorgos neben Helena. Er sieht nicht zu ihr rüber, faltet seine Hände vor der Brust und sieht zum Grabstein von Eolina Martakis:

»Liebe Frau Eolina Martakis. Bitte erhören Sie mich, bevor Sie Helenas Worte erhören. Nicht sie ist es, die Sie und Ihren Mann beschämt, sondern ich. Es gibt keine Menschen ohne Fehler. Meine Eltern haben den Fehler gemacht, so bald zu Gott zu gehen, obwohl ich noch da war und sie gebraucht habe. Mikis hat den Fehler gemacht zu gehen, obwohl Helena ihn gebraucht hätte. Verzeihen Sie mir meine Fehler und ich verzeihe Ihnen Ihre Fehler. Ich verzeihe Ihnen, dass Sie so eine wunderschöne Tochter geboren haben, dass Sie sie so liebenswert und zärtlich gemacht haben, dass Sie sie dazu befähigt haben, mir den Verstand und mein Herz zu stehlen, dass Sie Helena die Fähigkeit gaben, mich mit einem Augenzwinkern wehrlos zu machen. Mein einziger Fehler war es auf

140

all das einzugehen, was Sie Helena gegeben haben. Wenn das der Fehler ist, dann mache ich diesen gerne immer und immer wieder.« Giorgos sieht zu Helena hinüber, die ihn auch mit Tränen in den Augen ansieht. Sie lächelt und er lächelt zurück.

»Warte.« Giorgos dreht sich zur Seite, reißt neben sich einen Grashalm aus dem Boden und dreht sich nach kurzer Zeit wieder zu Helena.

»Ach ja. Eines habe ich noch, Frau Martakis. Ich liebe Ihre Tochter über alles und ich werde alle Fehler, die ich in meinem Leben noch machen werde, nur mit ihr zusammen machen. Mit ihr will ich lachen und weinen. Ich liebe unser ungeborenes Kind und alle, die ihm folgen werden. Ich werde mit jedem Atemzug, den ich noch habe, jedes Mal ein Stück von Helena einatmen und sie vollkommen verinnerlichen. Ich bitte Sie, erlauben Sie mir, die Schande von Ihrer Tochter zu nehmen, und geben Sie sie mir zur Frau.«

Giorgos sieht zu Helena und greift ihre Hand.

»Bitte, Helena, werde meine Frau. Du wirst nur noch vor Freude weinen. Ich werde jeden Schmerz von dir fernhalten und dir nur noch Freude bescheren. Möchtest du meine Frau werden?«

»Oh, Giorgos.« Helena kann ihre Tränen nun gar nicht mehr halten.

»Ich liebe dich. Natürlich möchte ich deine Frau werden. Für immer werde ich an deiner Seite sein.«

Giorgos hat einen kleinen Ring aus dem Grashalm gedreht und steckt ihn Helena an den Ringfinger. Und möchte ihr einen Kuss geben.

»Halt!« Helenas Vater steht hinter den beiden, mit Tränen in den Augen. – »Mich musst du auch noch fragen Giorgos.« Herr Martakis hat Giorgos Worte mitgehört und steht mit geröteten Augen hinter den beiden. Er kniet sich zu den beiden hin und umarmt beide.

»Verzeiht mir bitte, Kinder. Es tut mir so leid. Ihr habt es nicht verdient, dass ich mich einmische.«

Er beugt sich zum Grab seiner Frau und bittet sie ebenfalls um Verzeihung. Giorgos und Helena stehen auf und gehen einen Schritt zurück, um Helenas Vater mit seiner Frau sprechen zu lassen. Helena legt ihren Kopf auf Giorgos Schulter und beide beobachten Herrn Martakis am Grab seiner Frau.

»Ihr habt meinen Segen. Und den Segen deiner Mutter auch, Helena. Ich bin sehr enttäuscht gewesen. Und wütend«, erklärt Herr Martakis den beiden. – »Ich habe die Schwangerschaftstests entdeckt und habe dich gesucht, Helena. Ich bin froh, dass ich euch zusammen hier gefunden habe. Meine Reaktion hätte auch anders ausfallen können.« Herr Martakis schmunzelt leicht.

Die drei gehen gemeinsam zu Giorgos und reden an diesem Abend noch lange. Bei Essen und Wein fallen noch viele Entschuldigungen von allen. Helena äußert bereits erste Hochzeitspläne, während die beiden

Männer schon die ersten Männerausflüge mit einem möglichen Sohn bzw. Enkel planen.

Giorgos und Helena einigen sich, bald zu heiraten und bis dahin wird Helena nicht mehr bei Giorgos übernachten. So machen beide in den nächsten Wochen den Tag zur Nacht und verbringen viele Stunden in Giorgos Zimmer bei abgedunkelten Fenstern.

Am 2. September 1962 heiraten Helena und Giorgos schließlich. Traditionell kommt Helena unter einem weißen Schleier auf einem Esel zur Kirche, geführt von ihrem Vater. Giorgos hat den Anzug von Sotis ändern lassen, sodass er ihm nun passt. Vor dem Eingang zur Kirche, auf der obersten Stufe wartet er auf seine Zukünftige. Er hat Helena eine Woche nicht gesehen. So, wie es die Tradition in Griechenland verlangt. Sie sieht wunderschön aus. Der Esel mit Blumen geschmückt. Nachbarn und Freunde der beiden begleiten die Braut. Allen voran Kleo und zwei Musikanten, die auf der Bouzouki und Klarinette griechische Festlieder spielen. Hinter dem Esel Verwandte und beste Freunde, die bei jeder Straßenkreuzung halten und tanzen müssen. Giorgos darf Helena einen kleinen Kuss geben. Beide müssen vor der Kirche warten, bis alle Gäste drinnen sind. Giorgos sieht Helena noch einmal tief in die Augen und nimmt sie an der Hand. Der Priester holt die beiden und sie folgen ihm in die Kirche. Als Giorgos »Ja« sagt, ist er sich bewusst, dass dies die beste Entscheidung seines

Lebens sein wird. Es ist nicht nur ein Versprechen an Helena, sondern auch an ihr ungeborenes Kind.

Nach der Trauung versammeln sich die Gäste am Abend zur Feier und werden von Herrn Martakis persönlich begrüßt. Alles lacht und begrüßt sich. Herr Martakis hat Giorgos' Haus und Hof schmücken lassen. Freunde und Verwandte haben die ganze Woche vor der Hochzeit gebacken und gekocht. Giorgos hat keine Verwandten mehr, dafür hat Helena umso mehr eingeladen. Auch Mikis' Familie hat bei den Vorbereitungen mitgeholfen und ist der Einladung von Giorgos und Helena gerne gefolgt. Mehr als 120 Gäste aus der Umgebung kommen nacheinander zum Fest.

Es ist niemandem aufgefallen, dass Helena keinen Alkohol an diesem Abend trank. Giorgos' Haus bzw. das Haus von Giorgos und Helena ist kaum zu betreten. Überall haben Freunde und Familie Geschenke verteilt. Nach diesem langen Abend voller Freude, Musik und Tanz hat er noch lange nicht genug von seiner wunderschönen Frau. Behutsam hebt er Helena über die Türschwelle und trägt sie hinein. Mit dem Fuß tritt Giorgos die Tür hinter sich zu, und legt dann Helena behutsam auf das Bett. Die beiden müssen noch Geschenke zur Seite schieben, ehe sie sich richtig hinlegen können.

»Meine Frau. Helena, du bist meine Frau.« Giorgos zieht ihr sanft die Schuhe aus, während Helena ihren Ehemann betrachtet und ein Gefühl der Sicherheit und Geborgenheit sie beruhigt.

Zärtlich küsst Giorgos die Füße seiner Frau.

»Ich werde dir stets zu Füßen liegen. Das verspreche ich dir.« Er erhebt sich und küsst ihre warmen weichen Lippen.

Helena knöpft langsam sein Hemd auf und küsst seine Brust. In dieser Nacht sind beide nicht mehr lange wach.

»Guten Morgen, Frau Galanis! Klingt gut, oder?« Giorgos begrüßt Helena mit einem kleinen Tablett mit Frühstück am Bett.

»Frau Galanis? Das gefällt mir. Guten Morgen, Ehemann.« Helena setzt sich aufrecht und gibt Giorgos einen Kuss.

Giorgos wünscht sich jeden Tag so mit seiner Frau beginnen zu können. Die beiden verbringen fast den ganzen Tag im Haus. Die Geschenke finden kaum Platz in dem kleinen Häuschen, doch Helena ist überzeugt, dass auch in ihrem Haushalt fünf Schneebesen und sechs Nudelhölzer notwendig sind.

Während sie verzweifelt versucht, für alles einen Platz zu finden, sitzt Giorgos am Tisch und zeichnet seine Frau, die eine wundersame Wärme und ein sanftes Licht in dieses Haus gebracht hat.

Neben den Ofen hat sie ein kleines Kissen und einen kleinen Napf für Kleo hingelegt. Kaum lag das Kissen, schon saß Kleo darauf. Helena versucht für Giorgos und sich und natürlich Kleo ein wohnliches Zuhause herzurichten. Giorgos hält sich gerne raus.

Jeden Tag nach der Arbeit freut er sich, nach Hause zu Helena zu kommen. Helena hat sich mit der Rolle der Ehefrau arrangiert. Obwohl äußerlich von ihrer Schwangerschaft kaum etwas bemerkbar ist, verbietet ihr Giorgos jegliche Anstrengung. Selbst Wasser aus dem Brunnen zu holen, ist nun für seine Frau Tabu.

Helenas Vater, Dr. Martakis, kommt auch mindestens zwei Mal in der Woche und besucht die beiden auf seinem Weg zu den Patienten in der näheren Umgebung.

Als der Winter näher rückt und es langsam kälter wird, geht Giorgos nach der Arbeit in der Mine zu Helenas Vater, um für den Winter das Feuerholz zu hacken. Dr. Martakis hat nicht mehr die Kraft, das Holz selbst zu hacken. Giorgos bereitet das Holz für den ganzen Winter vor. Auch Helena ist tagsüber bei ihrem Vater und unterstützt ihn daheim. Wäsche waschen, bügeln, kochen und ein bisschen Gartenpflege hat sie übernommen. Manchmal plagt sie das schlechte Gewissen, ihren Vater alleine gelassen zu haben.

Als Giorgos an einem Abend schon vorausgegangen ist, um sich zu waschen, nimmt Dr. Martakis seine Tochter zur Seite.

»Wie fühlst du dich, mein Engel?«

»Was meinst du, Papa?« Helena weiß nicht so recht, worauf ihr Vater hinaus will.

»Ich war am Anfang nicht erfreut zu erfahren, dass du schwanger bist. Aber dann umso mehr. Und das weißt du. Es ist nur so, dass ich auch besorgt bin. Als deine Mutter dich zur Welt brachte, hatte sie bereits zwei Fehlgeburten. Über diese kam sie nie hinweg. Erst, als du kamst, kam ihr Lachen zurück. Ich möchte, dass du alles verhinderst, dass dir und eurem Kind, meinem Enkelkind nur schaden könnte. Komm etwas häufiger zu den Untersuchungen. Meine Möglichkeiten hier sind auch begrenzt. Ich möchte, dass du mich ab und zu nach Athen begleitest und dich auch mal im Krankenhaus untersuchen lässt. Machst du das bitte?«

»Ach, Papa. Mach dir keine Sorgen. Ich liebe dieses Kind jetzt schon so sehr. Niemals würde ich es zulassen, dass etwas schief geht. Und wenn es dich beruhigt, komme ich auch ab und zu mit dir mit in die Stadt. Ich wusste das mit Mama nicht. Das tut mir sehr leid. Ich hätte gerne Geschwister gehabt. Du wirst ein kerngesundes Enkelkind bekommen. Versprochen, Papa.«

Helena gibt ihrem Vater einen Kuss auf die Stirn und verabschiedet sich.

»Das sagen wir Giorgos besser nicht. Ich darf ja nicht mal mehr die Blumen gießen. Der packt mich sonst in Watte ein. Einverstanden?«, flüstert sie ihrem Vater noch zu, bevor sie ihre Jacke anzieht und das Haus verlässt.

»Sicher, Engel.«

In dieser Nacht liegt Helena neben Giorgos wach und denkt über das nach, was ihr Vater ihr erzählt hat. Giorgos liegt ebenfalls wach neben ihr und tut so, als würde er schlafen. Allerdings merkt er, dass sie nachdenklich ist.

In den folgenden Wochen wird die Arbeit in den Minen weniger und immer mehr Menschen verlieren ihre Arbeit. Giorgos versucht schon seit längerer Zeit, eine Anstellung im Hafen zu bekommen. Die Stadt hat beschlossen, einen großen Yachthafen anzulegen, um auch Touristen nach Laurion zu locken. Doch der nahende Winter legt auch hier die Arbeit vorübergehend lahm. Die Tatsache, dass ein möglicher Jobverlust droht, bedrückt Giorgos sehr. Helena hat er davon nichts erzählt.

Als Mikis Bruder Kostas, der ihm auch den Job in Deutschland verschafft hat, mit einem neuen Angebot zu Giorgos kommt, ist dieser nicht abgeneigt.

»Du bist mein Beifahrer. Ich fahre und zusammen laden wir die Medikamente in den Krankenhäusern und bei den Ärzten im Umland aus.«

»Das klingt gut, Kostas. Und wir fahren nur an den Wochenenden? So kann ich in der Mine bleiben und den neuen Job auch machen.«

Giorgos freut sich auf einer Seite, jedoch würde er weniger Zeit mit Helena verbringen können.

»Wenn euer Kind erst mal da ist, wirst du jede Drachme brauchen. Und du wirst mit mir einige verdienen.«

Und in der Tat ist Helena gar nicht begeistert, zumal sie auch nichts vom drohenden Arbeitsplatzverlust in der Mine weiß.

»Wir brauchen das doch gar nicht, Giorgos. Viel lieber hab ich dich bei mir. Gerade im Winter? Muss das sein, dass du im Winter in einem Auto so viel unterwegs bist?«

»Wenn der Winter vorüber ist, werde ich aufhören und dann können wir alles besorgen, was unser Kind braucht. Nur einen Winter«, versucht Giorgos ihr zu erklären.

Schließlich einigen sich beide, dass Giorgos nur einen Winter mit Kostas Medikamente ausliefern wird.

Giorgos beabsichtigt, spätestens im Frühjahr sein Glück im Hafen zu versuchen. Sobald die Arbeiten weitergehen.

Und so fährt Giorgos an jedem Freitagabend mit Kostas die Abholtouren zu den Arzneimittelwerken und anschließend zu den Kliniken und Krankenhäusern. Da auch etliche Ärzte im Umland verteilt sind, kommt es auch öfter vor, dass er erst Sonntag am späten Abend zurückkehrt.

Am Abend vor dem 24. Dezember 1962 laden Giorgos und Kostas die Kisten mit Medikamenten vor den Hinterausgang des Athener Krankenhauses ab, als Kostas Giorgos auf die Schulter tippt.

»Hey, sieh mal.«

Kostas zeigt auf eine junge Frau, die gerade zum Hinterausgang das Krankenhaus verlässt.

»Ja, Kostas. Toll. Hast eine Frau entdeckt. Hoffe, du willst die jetzt nicht anquatschen. Also was soll das?« Giorgos entlädt weiter den Lkw.

»Sieh doch, du Blödmann. Das ist doch Deine Eolina, oder nicht?«

Giorgos dreht sich wieder um, und tatsächlich erkennt er Eolina, seine erste Liebe, wieder. Ihre Augen wirken müde. Sie trägt eine Mütze, sodass man ihr Haar gar nicht sehen kann. Eingehüllt in einen Mantel. Sie wird von einem noblen Auto abgeholt und ist im Schneegestöber ebenso schnell verschwunden, wie sie aufgetaucht war.

»Sie wollte doch Medizin studieren, oder? Also sie hat es wohl geschafft.« Kostas beobachtet Giorgos, der wie versteinert eine kleine Kiste in der Hand hält und dem Auto hinterher schaut. – »Hallo? Jemand zuhause? Giorgos?« Kostas wedelt mit der Hand vor Giorgos Gesicht.

»Ja, ja. Alles klar. Sie studiert wohl Medizin. Ist doch super.« Giorgos macht sich wieder an die Arbeit.

Kostas sieht ihn fragend an.

»Komm lass uns weitermachen. Ich will nach Hause«, fordert Giorgos Kostas auf.

Auf der Rückfahrt ist Giorgos nachdenklich und spricht kein Wort. Die Fahrt dauert eine halbe Ewigkeit, da es in diesem Winter besonders stark schneit. Spät in der Nacht kehrt Giorgos heim. Vor der Tür stellt er einen Karton ab und geht langsam ins Haus. Helena ist mit dem Kopf auf dem Tisch eingeschlafen. Die Kerze neben ihr ist fast abgebrannt.

Giorgos küsst ihren Kopf und weckt sie ganz sanft.

»Da bist du ja endlich«, spricht sie mit leiser verschlafener Stimme. »Ich habe mir Sorgen gemacht. Komm, du hast bestimmt Hunger. Setz dich.« Sofort erhebt sie ich und wärmt noch schnell das Essen für ihn auf. Während Giorgos sich das Gesicht und die Hände wäscht, deckt Helena für ihn den Tisch. Sie setzt sich neben ihn und beobachtet ihn mit verliebten Blicken, während er isst.

»Hühnchen?«, fragt er sie.

»Ja. Schmeckt es dir nicht?«

»Doch. doch. Ich habe nur nicht so viel Hunger. Du kochst wunderbar, mein Schatz.«

Giorgos beschließt Helena nicht von Eolina zu erzählen. Er kann nicht einschätzen, wie sie reagiert. Zumal ist es unnötig, sie zu belasten. Es könnte ja Stress verursachen und das will er vermeiden. Erst jetzt fällt ihm auf, wie schön Helena das Haus geschmückt hat.

»Es ist doch unser erstes Weihnachten. Gefällt es dir?«

»Das hast du schön gemacht. Es war noch nie so schön hier.« Giorgos nimmt ihre Hand in seine und küsst sie.

»Du bist bestimmt müde und erschöpft. Ich habe das Bett vorbereitet. Komm und ruh dich aus.«

Helena nimmt Giorgos an der Hand und führt in ins andere Zimmer.

»Warte.«

Giorgos geht zur Haustür und Helena schaut hinterher.

Er bringt den Karton, den er von seiner Tour mitgenommen hat, herein. Sofort bellt Kleo den Karton an.

»Was ist das?«, fragt Helena neugierig.

»Mach auf.« Giorgos stellt den Karton auf den Tisch.

»Oh, Giorgos. Du Armer. Und ich zwinge dich Hühnchen zu essen. Die sind ja süß.«

Giorgos hat auf dem Athener Markt fünf Küken gekauft. Kleo springt wie wild um den Tisch und fühlt sich vom Piepsen der Küken provoziert.

»Gefallen sie dir? Ich dachte, wenn sie größer sind, legen sie Eier für uns.«

»Aber essen werden wir unsere neuen Familienmitglieder nicht, oder?«, fragt sie, während sie mit einem gepunkteten Küken schmust.

»Also wir werden sie nichtessen, aber bei Kleo bin ich mir nicht sicher.«

Giorgos streichelt den Hund dabei.

Sie beschließen, den Karton verschlossen auf dem Tisch zu lassen und möglichst schnell ein kleines Gehege für die Küken zu bauen.

Helenas Vater kommt an Heiligabend zu Besuch und ist auch sehr angetan von den Küken. Giorgos hat aus Draht ein kleines Gehege gebaut, sodass auch Kleo nicht herankommt. Diese hat sich jedoch schnell an die Küken gewöhnt und bleibt desinteressiert.

Giorgos, Helena und ihr Vater feiern dieses Weihnachtsfest zusammen. Sie gehen zusammen auf den
Friedhof und auch in die Kirche. Die beiden Männer
beschließen den Bau eines Babybettchens, da Helenas
Bauch inzwischen sichtlich gewachsen ist. Helena
schlägt die Hände über dem Kopf zusammen.

»Da bin ich ja mal gespannt, ihr beiden Meister-
handwerker.«

Die Feiertage gehen schnell vorbei und Giorgos geht
nur noch an zwei Tagen in die Mine. Da die Arbeit
immer weniger wird, hat er Kostas angeboten, auch
an anderen Tagen mitzufahren. Allerdings ist er da
mit anderen Fahrern unterwegs, da Kostas nur an den
Wochenenden fährt.

Helena ist nicht begeistert. Diebeiden streiten auch,
bevor Giorgos ihr gesteht, dass die Arbeit in der Mine
nicht mehr sicher ist und das Geld sonst nicht reicht.

Giorgos ist unter der Woche mit Nikos, einem
54jähigen Halbtürken unterwegs. Er ist nicht sehr
gesprächig, aber fährt etwas langsamer als Kostas. Da
muss Giorgos nicht regelmäßig bei Überholmanövern
die Luft anhalten.

So ergibt es sich, dass Giorgos nur noch an zwei
Abenden in der Woche zuhause ist. Die Bezahlung ist
regelmäßig und die Arbeit fällt ihm nicht so schwer
wie in der Mine. Allerdings fehlt ihm Helena sehr.
Und Helena vermisst Giorgos ebenso.

Ende Januar, als Giorgos eines Abends von der Tour
mit Nikos zurückkehrt, ist Helena nicht da.

153

Das Licht ist an und das Essen steht auf dem Tisch. Kleo bellt aus dem Nebenzimmer.

Als Giorgos ins Zimmer kommt, entdeckt er Kleo, die am Bett steht und auf das blutige Laken schaut.

Giorgos ist entsetzt, als er die etwa tellergroße Blutspur auf dem Laken sieht, und ruft nach Helena.

»Giorgos! Endlich.« Kostas stürmt zur Tür herein. – »Sie sind nach Thorikou gefahren. Mit einem Auto.«

»Was ist denn geschehen, Kostas? Wie geht es ihr?« Giorgos will zur Tür hinaus, um irgendwie ins benachbarte Thorikou kommen.

»Sie hat laut gerufen. Hatte Schmerzen. Dann haben wir ein Auto besorgt. Ihr Vater ist mitgefahren. Sie sind zur Praxis von Dr. Stamatidis. Nimm mein Fahrrad und fahr zu ihr. Komm.« Kostas geht voran und Giorgos hinterher. Am Zaun von Kostas' Haus lehnt sein Fahrrad.

»Danke, Kostas.« Giorgos fährt sofort los.

Während der Fahrt gehen ihm tausend Dinge durch den Kopf. *Was ist nur geschehen? Hat ihr jemand etwas getan? Ist etwas mit dem Baby nicht in Ordnung? Geht es Helena gut?* Giorgos macht sich Vorwürfe, dass er nicht bei ihr war, als sie ihn brauchte. Es dauert fast 20 Minuten, bis er den Marktplatz erreicht, an dem sich auch die Praxis von Dr. Stamatidis befindet. An der Treppe stehen zwei Jungs und vor der Praxis steht ein ziemlich altes Auto. *Mit dem wird wohl Helena gebracht worden sein*, denkt sich Giorgos. Giorgos lässt das Fahrrad fallen und eilt schnell zwischen den beiden Jungs zur Tür hinein.

»Helena! Helena!« Giorgos ist erleichtert, als er sie erblickt. Mit ihrem Vater sitzt sie auf einem Bänkchen, in einem leicht muffig wirkenden kleinen Vorzimmer. Dr. Stamatidis unterhält sich mit Helenas Vater. Helena steht langsam auf und umarmt Giorgos ganz fest. Ihr laufen die Tränen über die Wangen. Und Giorgos hält für einen Moment die Luft an.

»Oh, Giorgos. Schön, dass du da bist.«

»Was ist denn geschehen?« Giorgos sieht sie fragend an und blickt zu den beiden Ärzten, die aufgehört haben zu sprechen.

»Wir sprechen zuhause. Kommt jetzt, das Auto wartet.« Helenas Vater scheint recht angespannt, nimmt Helena an der Hand und möchte sie zum Mitgehen bewegen.

»Es geht mir gut, Giorgos. Und auch unserem Baby geht es gut.« Helena versucht ihn zu beruhigen und gibt ihm einen Kuss.

»Aber das Blut. Ich habe das Blut gesehen.«

»Es ist nichts Schlimmes. Ich erkläre es dir, mein Schatz. Komm lass uns gehen.«

Helena legt den Kopf auf Giorgos Schulter und beide gehen hinaus. Dr. Martakis bedankt sich bei Dr. Stamatidis und geht den beiden hinterher.

Giorgos drückt einem der beiden Jungs vor der Praxis fünf Drachmen in die Hand und erwartet dafür am nächsten Tag das Fahrrad bei Kostas am Zaun. Die

155

Jungs freuen sich und nehmen sofort das Fahrrad und ziehen los.

Auf der Rückfahrt sitzen Giorgos und Helena hinten, während sich Dr. Martakis vorne hingesetzt hat. Er spricht kurz mit dem Fahrer, den Giorgos schon öfter in Laurion gesehen hat. Er ist einer der Wenigen mit einem Auto. Für ein paar Drachmen spielt er auch öfter Taxi für den einen oder anderen. Helena legt ihren Kopf auf Giorgos' Schoß und er streicht ihr sanft über das Haar. Helenas Vater scheint wütend zu sein. Zumindest wirkt der Blick so, den Giorgos durch den Rückspiegel wahrnimmt. Als sie ankommen, gibt Dr. Martakis dem Fahrer die Hand, darin etwas Geld. Giorgos kann nicht genau sehen, wie viel.

»Jetzt muss ich wissen, was genau geschehen ist. Komm, setz dich.« Giorgos stellt Helena einen Stuhl hin und bittet ihren Vater ebenfalls, sich zu setzen.

»Also. Giorgos…« Helena wird von ihrem Vater unterbrochen.

»Es ist so …«

Dr. Martakis faltet die Hände auf dem Tisch und blickt zu Helena. – »Diese Schwangerschaft ist von Anfang an sehr verantwortungslos gewesen, und ich frage mich schon, was du dir dabei gedacht hast.«

Dr. Martakis schaut Giorgos an.

»Papa, hör auf.« Helena greift die Hände ihres Vaters.

»Helena wird durch diese Schwangerschaft nur leiden, und so, wie Dr. Stamatidis und ich festgestellt haben, wird mit großer Wahrscheinlichkeit eine Geburt auf natürlichem Wege nicht möglich sein. Einen Kaiserschnitt können wir hier auf dem Lande nicht durchführen. Du hättest wenigstens etwas nachdenken können, bevor du handelst, Giorgos. Das heißt, dass rechtzeitig vor dem errechneten Geburtstermin die Praxis in Thorikou vorbereitet werden muss, und auch Dr. Stamatidis müsste mir helfen.«

Dr. Martakis' Augen werden glasig und schließlich läuft ihm eine Träne über das Gesicht.

»Ich wusste das nicht. Ich würde Helena nie Leid zufügen. Ich liebe sie doch.«

Giorgos versucht sich zu verteidigen und stellt sich neben Helena, die die Hände ihres Vaters loslässt und ihren Kopf an Giorgos' Brust lehnt.

»Das wird gutgehen. Wir wissen nun, was wir beachten müssen, und werden uns an alles halten, Vater.«

»Leg dich hin, Helena. Du musst dich nun ausruhen.«

Dr. Martakis gibt ihr einen Kuss auf die Stirn und führt sie an der Hand ins Nebenzimmer.

Als er zurückkehrt, packt er Giorgos am Shirt und zieht ihn hinter sich zur Tür hinaus vor das Haus.

»Wenn ihr etwas geschieht, mache ich dich dafür verantwortlich.« Dr. Martakis flüstert in strengem und wütendem Ton. – »Ihre Mutter hat schon sehr gelitten bei Helenas Geburt. Musstest du sie schwängern? Keinen Funken Vernunft. Und wo warst du schon wieder? Ich hoffe, dass du auch mal da bist, wenn sie dich braucht.«

Er lässt Giorgos' Shirt los und geht zum Hof hinaus.

Giorgos bleibt sprachlos zurück. Er geht hinein und setzt sich zu Helena ans Bett. Sie wechselt das Bettlaken und lächelt Giorgos dabei an.

»Mach dir keine Sorgen. Hörst du? Mein Vater ist Arzt und Dr. Stamatidis ist auch da, wenn etwas sein sollte. Ich hatte plötzlich Schmerzen, als ich aufgewacht bin. Naja und das Blut hat mich erschrocken. Aber es ist nichts.«

»Ja. Ich bin für dich da, mein Schatz.«

Giorgos zieht Helena zu sich auf das Bett und beide sitzen nebeneinander und legen die Köpfe zusammen. Die Worte von Helenas Vater beschäftigen ihn noch lange in dieser Nacht. *Sollte er die Arbeit seinlassen? Nur noch eine Weile, dann würde er im Hafen mit der Arbeit anfangen.*

Er beschließt vorerst weiter Medikamente auszuliefern. Nur noch ein paar Wochen. Noch bevor Helena im achten Schwangerschaftsmonat ist, können die Arbeiten im Hafen von Laurion fortgesetzt werden. Giorgos könnte so an jedem Abend bei ihr zuhause sein.

Dr. Martakis kommt nicht mehr so oft zu Besuch, wenn Giorgos daheim ist. Er untersucht Helena regelmäßig, allerdings dann, wenn sie alleine ist. Das

Verhältnis der beiden ist etwas erkaltet, da Dr. Martakis Giorgos die Schuld an dem möglichen Risiko gibt, dem Helena nun ausgesetzt ist.

Immer mehr Bilder von Helenas Babybauch schmücken das kleine Häuschen der beiden.

»Lass noch etwas Platz an der Wand, für unser Baby. Das willst du ja bestimmt auch zeichnen«, erwähnt Helena, als Giorgos an einem Morgen wieder eine neue Zeichnung an die Wand heftet.

»Wir sollten nochmal über den Namen sprechen, Helena.« Giorgos setzt sich zu ihr und streichelt ihr den inzwischen kugelrunden Bauch. – »Ich weiß ja, dass deine Mutter Eolina hieß und dir dieser Name sehr gefällt. Aber findest du es gut, dass unsere Tochter, falls es ein Mädchen wird, Eolina heißt?«

Giorgos will dabei auf Eolina, seine erste große Liebe, hinaus, die ihm einst das Herz gebrochen hatte.

»Ich bin deine Frau. Und ich bin sicher, dass ich deine Frau bin, weil du mich liebst und es niemanden sonst in deinem Leben gibt, den du so liebst.«

Helena gibt ihm einen Kuss.

»Sicher, Mein Schatz. Du bist alles für mich.«

»Bitte, Giorgos, mach mir die Freude, eine Tochter Eolina zu nennen und einen Sohn nennen wir Sotis.«

Die beiden haben lange über mögliche Namen gesprochen. Schließlich einigen sie sich. Ein Mädchen würde Eolina und ein Junge würde Sotis heißen.

Giorgos hat inzwischen das kleine Babybettchen alleine fertiggestellt. Und auch die ersten Spielsachen und Babykleidung hat er aus Athen schon mitgebracht.

Tatsächlich ist der Februar in diesem Jahr sehr mild und somit werden die Arbeiten nach einem kurzen Winter im Hafen wieder aufgenommen. Giorgos arbeitet auch hier an der Seite von Kostas, der inzwischen ein sehr guter Freund geworden ist. Hauptsächlich Sägearbeiten für die neuen Stege und Anlegestellen. Giorgos kann nun jeden Abend wieder bei Helena sein. Diese fühlt sich mittlerweile immer unansehnlicher, doch Giorgos hat sie nie mehr geliebt als zu diesem Zeitpunkt. Er versucht sie zu überraschen, indem er immer mehr Sachen für das Baby anbringt. Den Frühlingsbeginn verbringen die beiden voller Harmonie. Helena hat selten launische Phasen und durch Giorgos' Abwesenheit muss er diese auch nicht allzu oft spüren.

So langsam kommt Helena in die kritische Phase der Schwangerschaft. Der Termin, der von Dr. Stamatidis und ihrem Vater festgesetzt wurde, ist der 14. April. In genau einem Monat, an Ostern.

Die mittlerweile ausgewachsenen Hühner, die Giorgos angeschleppt hatte, versorgen die beiden mit frischen Eiern, die Helena gerade kurz vor Ostern helfen, sich die Zeit zu vertreiben. Da sie kaum noch in der Lage ist, körperlich allzu aktiv zu sein, ist sie froh um jede Tätigkeit, die sie im Sitzen ausführen kann. Liebevoll bemalt sie Eier für das Osterfest, das in ihrem Elternhaus immer groß zelebriert wurde. Und welches sie nun in ihrem eigenen Zuhause feiern möchte.

Als Giorgos am Abend des 3. April 1963 heimkommt, sind der gesamte Tisch und alle drei Stühle mit bunten Ostereiern bedeckt. Auf den Seitenschränken Osterschmuck und andere Dekorationen, die Giorgos nicht richtig definieren kann. Auf sein Rufen reagiert Helena nicht und auch Kleo sitzt ruhig an der Zimmertüre und wimmert. Als Giorgos hineingeht, entdeckt er Helena schweißgebadet im Bett.

»Oh, Giorgos. Endlich.« Haucht sie mit leiser Stimme. – »Hilf mir.«

Sofort rennt Giorgos zur Türe und ruft lautstark nach Kostas, der auch sofort zum Fenster seines Zimmers hinausblickt.

»Hol bitte sofort Dr. Martakis. Beeil dich. Es geht um Helena.«

Giorgos geht sofort wieder ins Haus. Kostas ist genauso schnell unterwegs, wie er auf Giorgos Rufen reagiert hatte.

»Was kann ich tun, mein Schatz?«

Giorgos zittert vor Angst und hat Tränen im Gesicht.

»Das Baby, Giorgos. Unser Kind möchte nicht mehr warten. Mein Vater muss kommen.«

»Er ist unterwegs. Er kommt. Wir müssen sofort nach Thorikou zu Dr. Stamatidis.«

Giorgos hält Helenas Hand und wischt ihr mit der anderen den Schweiß aus dem Gesicht.

»Ich kann nicht mehr weg, Giorgos. Unser Kind wird hier kommen.«

Helena hat kaum noch Stimme und Giorgos muss sich ganz nah zu ihr beugen, um sie zu hören.

»Das geht nicht. Wir brauchen auch Dr. Stamatidis. Hörst du? Das geht nicht. Bitte, Helena. Halte durch. Wir müssen nach Thorikou.«

Endlich ist Helenas Vater da.

»Geh zur Seite.«

Er stößt Giorgos mit dem Arm zur Seite und beginnt Helena auszuziehen und zu untersuchen. Zwei Frauen aus dem Ort sind mitgekommen. Dr. Martakis gibt ihnen Anweisungen und schon machen sie sich auf und bringen die benötigten Hilfsmittel. Giorgos soll Wasser warm machen und Handtücher bringen.

»Holt Dr. Stamatidis. Er muss sofort kommen. Beeilt euch«, ruft Helenas Vater aus dem Zimmer heraus.

Kostas, der in der Haustüre steht, macht sich sofort mit dem Fahrrad auf den Weg.

Giorgos versucht zu helfen und spricht immer wieder zu Helena. Ihr Vater schickt ihn jedoch aus dem Raum, als er alles hat, was er benötigt. Die beiden Frauen gehen ins Zimmer und schließen die Tür hinter sich zu.

Giorgos ist am verzweifeln. Immer wieder hört er das leise Gewimmer von Helena und jeder Laut treibt ihm die Angst immer weiter ins Mark.

Die Schreie werden immer lauter und die Anweisungen ihres Vaters werden immer energischer und hektischer.

»Desinfiziert das Messer.«

Ein lauter Schrei von Helena und dann die leiseste Stille die Giorgos in seinem Leben je wahrgenommen hat. In diesem Moment steht die Welt still. Selbst die Hühner im Hof und Kleo geben keinen Laut von sich. Giorgos hält die Luft an und spürt, wie sich ihm der Hals immer weiter zuschnürt.

Und dann klingt der erlösende Schrei, der Giorgos Lungen mit Sauerstoff füllt. Ein kleines Geschöpf, das zum ersten Mal atmet und der Welt mitteilen will: *Ich bin da.*

Giorgos werden die Knie weich.

»Ich liebe dich, mein Schatz«, ruft er ins Zimmer hinein und muss sich erst mal hinsetzen. Eine der Frauen kommt aus dem Raum und bringt ein wunderhübsches kleines Baby in einem Bettlaken heraus.

»Du bist Vater, Giorgos. Das ist deine Tochter«, sagt sie zu ihm und übergibt sie ihm.

Dr. Martakis ruft die Frau wieder hinein.

»Das muss schneller gehen. Schneller.« Dr. Martakis wird erneut energisch. – »Helena. Helena. Bitte, mein Kind. Helena, tu mir das nicht an. Oh Herr, neiiiiiiiiiin.«

163

Dieser Schrei von Helenas Vater lähmt Giorgos. Er geht mit dem kleinen Baby ins Zimmer und sieht Helena auf dem Bett in einer Blutlache liegen. Er übergibt das Baby einer der Frauen und fällt auf die Knie neben Helenas Vater und greift ihre Hand. Ihre Augen sind weit geöffnet und ihr Brustkorb bewegt sich nicht. Giorgos beugt sich über sie und gibt ihr einen Kuss.

»Komm, mein Schatz. Sieh mal, unsere Tochter ist nun da. Helena? Komm, mein Schatz. Sieh doch.« Giorgos wiederholt ihren Namen immer und immer wieder. Er rüttelt an ihr und wird immer lauter. Er beginnt zu weinen und akzeptiert die Leblosigkeit seiner Frau nicht. Immer wieder ruft er ihren Namen. Selbst als eine der Frauen ihn wegziehen möchte, lässt er Helenas Hand nicht los. Dr. Martakis hält seinen Kopf an Helenas Wange und weint.

Am 3. April 1963 schenkt Helena einer kleinen Tochter das Leben und gibt ihres dafür. Dr. Stamatidis kann auch nur noch den Tod von Helena feststellen. Durch den Kaiserschnitt hatte sie zu viel Blut verloren und ist damit in den Armen ihres Vaters verstorben. Jedoch konnte sie für einen Augenblick ihrer Tochter in die Augen sehen, bevor sie ging.

Kostas und die beiden Frauen halten sich in der Küche des Häuschens auf und versuchen, dem kleinen Neugeborenen Wärme und Trost zu spenden. Giorgos und Helenas Vater sitzen auf dem Boden in Giorgos

Zimmer, während Dr. Stamatidis Helena zunäht und ihren Körper weitestgehend vom Blut säubert.

Giorgos schafft es nicht mehr zu schlucken. Er fühlt sich zum ersten Mal seit langem ganz alleine auf der Welt.

»Giorgos, komm und nimm mal deine Tochter.«

Kostas hat die Kleine im Arm und Giorgos steht auf und geht zu ihnen. *Dieses kleine wunderschöne Gesicht, dieses unschuldige Ding.* Giorgos nimmt seine Tochter und gibt ihr einen Kuss.

»Ich bin dein Papa.«

Giorgos versucht ein Lächeln aufzusetzen. *Wie kann er sich freuen und gleichzeitig so viel Trauer empfinden? Wie lässt sich so ein Gefühl beherrschen?* Er übergibt seine Tochter wieder an Kostas und geht zurück in sein Zimmer. Dr. Stamatidis deckt gerade Helena mit einem sauberen weißen Bettlaken zu.

»Nein«, ruft Giorgos.

Er kniet neben das Bett und zieht das Laken von Helenas Gesicht weg. – »Bleib doch bitte bei mir. Bitte, mein Schatz. Wir haben eine wunderschöne Tochter. Sie ist dir wie aus dem Gesicht geschnitten. Bleib bei uns und sei ihr eine gute Mutter. So wie du es dir immer gewünscht hast. Bitte, mein Schatz. Bitte, Helena.«

Giorgos' Tränen fallen auf Helenas Hand, die er sich an die Wange hält, während er zu ihr spricht.

»Komm, Giorgos. Bitte«, fordert ihn Dr. Stamatidis auf und legt erneut das Laken über Helenas Gesicht.

Helenas Vater sitzt an der Wand und starrt regungslos an die Decke. Dr. Stamatidis bittet eine der Frauen, ihn hochzuziehen, und versucht ihn zu überreden, sich in die Küche zu seiner Enkelin zu begeben. Mit etwas Mühe steht Dr. Martakis auf und Kostas übergibt ihm seine kleine Enkelin. Kleine Freudentränen kullern über sein Gesicht und der Anblick der Kleinen, die ihn ganz ruhig ansieht, zaubert ihm ein ganz kleines Lächeln auf die Lippen. Als sie jedoch wahnsinnig laut zu schreien beginnt, übergibt er sie wieder einer der Frauen. Die andere hat bereits ein Milchpulver angerührt, welches Kostas wohl zwischenzeitlich besorgt hatte.

Giorgos ist mit Helena alleine in seinem Zimmer. Reglos liegt sie unter dem weißen Laken auf dem Bett. Die Konturen ihres Körpers zeichnen sich unter dem Laken ab und Giorgos wird bewusst, dass er diese Frau nie wieder lachen hören wird. Nie wieder wird sie zu ihm sprechen. Nie wieder wird er ihre Lippen schmecken. Und den Glanz ihrer Augen wird er nie wieder sehen. Sie roch für ihn immer wie eine Blumenwiese. Auch diesen Geruch wird er nie wieder riechen. Der Schmerz, der ihm gerade durch das Herz schießt, lähmt seinen gesamten Körper, sodass ihm die Luft wegbleibt. Dr. Stamatidis hört Giorgos' Röcheln aus dem Nebenzimmer und eilt zu ihm. Er zieht ihn hoch und lehnt ihn an die Wand. Ganz leicht gibt er ihm zwei kleine Ohrfeigen auf die Wangen. Giorgos erholt sich schließlich und Dr. Stamatidis führt ihn aus dem Raum.

»Was hast du getan?« Helenas Vater, der am Tisch mit Kostas und einer der Frauen sitzt, schreit Giorgos an. – »Bist du zufrieden? Du hast sie umgebracht.«

Giorgos sieht ihn nicht an. Er geht zu der Frau, die seiner Tochter gerade das Fläschchen mit warmer Milch gibt.

»Ich hatte nur sie. Sie war alles für mich. Du hast mir alles genommen.« Dr. Martakis weint.

»Sie war auch alles für mich. Ich habe sie mehr geliebt, als es sich überhaupt jemand auf dieser Welt denken kann.« Giorgos spricht mit ruhiger Stimme zu ihm, ohne sich zu ihm umzudrehen.

»Ich habe dir gesagt, dass du auf sie aufpassen musst. Dass diese Schwangerschaft für sie eine Bedrohung ist. Doch dich hat das nicht interessiert. Im Hafen hast du dich rumgetrieben. Gott ist mein Zeuge, Giorgos. Ich schwöre, dass du dafür bezahlen wirst.« Dr. Martakis ist aufgestanden und zeigt mit dem Finger auf ihn.

»Dr. Nein.« Kostas will nicht, dass Helenas Vater weiterspricht.

Giorgos dreht sich zu Helenas Vater um.

»Gott ist dein Zeuge? Welcher Gott? Es gibt ihn nicht. Sonst wäre das heute hier nicht geschehen. Betest du einen Gott an, der dir die Tochter nimmt? Glaub mir, ich bezahle doch schon. Was Schlimmeres als das hier kannst du mir nicht wünschen.«

»Jetzt ist gut. Hört beide auf«, fordert Dr. Stamatidis die beiden auf. Helenas Vater geht hinaus und ruft die beiden Frauen hinterher.

Kostas nimmt Giorgos' Tochter und die beiden Frauen verabschieden sich vorerst von Helena und auch von den anderen.

»Wir kommen dann zur Wache«, sagt eine der Frauen.

Giorgos bedankt sich bei den beiden und lässt sich noch schnell die Zubereitung der Babymilch erklären.

»Hör mal, Giorgos. Ich sage Kostas' Familie und den Kirchendienern Bescheid, dass sie dich bei der Totenwache unterstützen. Und ich komme auch«, sagte Dr. Stamatidis, bevor er das Haus verlässt.

Nach orthodoxer Sitte werden die Toten im Haus aufgebahrt und über Nacht bewacht. Schlafen gehen darf man nicht.

Giorgos setzt sich mit seiner Tochter an Helenas Bett.

»Sieh mal, Helena, das ist unsere kleine Eolina. Eolina heißt sie, hörst du? So wie du es dir gewünscht hast. Ich habe dir stets jeden Wunsch erfüllt. Und auch in Zukunft werde ich alle deine Wünsche, die ich kenne, erfüllen.« Giorgos dreht die kleine Eolina, die mit voller Kraft das Schreien anfängt, mit dem Gesicht zu Helena.

»Siehst du, Eolina. Deine Mama ist das. Sie kann dich hören. Schrei, dass sie dich hört.« Giorgos' Tränen tropfen auf das Laken, in dem Eolina eingewickelt ist.

Kurz darauf stehen bereits zwei junge Männer in Kirchengewändern sowie ein junge Frau in der Türe des Hauses. Sie sind gekommen, um Helenas Leichnam zu kleiden und für den Sarg vorzubereiten. Giorgos begrüßt die drei freundlich und legt ihnen Helenas Lieblingskleid hin. Er geht mit Eolina in die Küche. Er versucht die Milch zuzubereiten. Es ist nicht leicht, da er sie nicht aus der Hand geben möchte. Glücklicherweise steht Kostas schon wieder in der Tür und bietet seine Hilfe an.

»Du bist ein wahrer Freund, Kostas. So wie es Mikis auch war. Ihr beide habt die gleiche Seele.«

Die beiden drücken sich kurz und Kostas nimmt Eolina und spricht mit ihr in »Babysprache«. Giorgos kocht die Milch ab und fragt sich dabei, wie heiß sie eigentlich werden darf. Doch nach und nach kommen mehr Nachbarn und Bekannte von Helena und Dr. Martakis, Kostas Eltern und auch Dr. Stamatidis. Die Bestatter bringen den Sarg hinein und haben Mühe zwischen den Leuten durchzukommen. Giorgos kann nicht hinsehen.

Als das Haus sich mit Menschen füllt, ist Giorgos erleichtert, dass gerade die Frauen, die selbst Kinder haben, ihn unterstützen können und ihm auch Tipps geben. Einige haben sogar Babykleidung und Milchpulver mitgebracht. Helenas Vater begrüßt Giorgos nur durch ein Kopfnicken. Beide gehen sich soweit möglich in dieser Nacht aus dem Weg. Sie sprechen nicht miteinander.

Die kleine Eolina wird schnell zum Mittelpunkt für die Frauen, sodass die Männer abwechselnd bei Helena im Zimmer die Wache abhalten können. Viel Kaffee, viele Leute, viel Weihrauch, laute Klagegesänge, die einem durch Mark und Bein gehen. Abwechselnd geht jemand anderes mit Eolina durch den Hof spazieren, da der Weihrauch einem die Luft zum Atmen nimmt.

In Giorgos' Zimmer haben die Männer einen Tisch in die Mitte des Raumes gestellt. Auf dem Tisch liegt nun der offene Sarg, in dem Giorgos Herz und Seele bald hinausgetragen wird.

Und während Giorgos neben seiner toten Frau auf dem Stuhl sitzt, die Zeichnungen betrachtet, die er von ihr gemacht und an die Wand geheftet hat, wird ihm immer mehr bewusst, wie sehr er sie vermisst. *Wie sehr wird sie ihm an jedem Tag fehlen? Wie kann er so weiterleben? Wie soll er Vater sein, wenn er die größte Stütze in seinem Leben verloren hat?*

Sie sieht aus, als würde sie schlafen. *Vielleicht wird sie jeden Moment aufwachen und lachen?*, denkt sich Giorgos wissend, dass er sein Leben nun ohne Helena verbringen muss.

Am nächsten Morgen kommt der Priester und salbt Helena. Die Leute, die in der Nacht dageblieben waren, haben alle nicht geschlafen und Helena ihren

Respekt erwiesen. Zudem hielt die kleine Eolina die ganze Truppe im Stundentakt mit lautem Babygeschrei auf Trab.

Als die Männer den Sarg anheben, fängt Giorgos zu zittern an. Ein Pferdewagen steht draußen vor dem Haus, der Helena zum Friedhof bringen wird. Giorgos kann nicht zulassen, dass sein Frau aus dem Haus getragen wird. *Sie wird hier nie wieder sein. Sie nehmen sie ihm einfach weg.*

Er bricht erneut in Tränen aus und schließlich fällt er in Kostas' Arme und sackt dabei zu Boden.

»Komm, Giorgos. Wir sind alle bei Euch.« Kostas hilft Giorgos auf die Beine.

Die Männer heben den offenen Sarg auf den Wagen, der nun durch das ganze Dorf bis zum Friedhof geleitet wird.

Die Trauergemeinde läuft hinterher. Alle sind in Schwarz gekleidet. Giorgos läuft direkt hinter dem Wagen und kann seinen Schmerz nicht unterdrücken und weint bitterlich. In der Hand hält er ein zusammengerolltes Blatt Papier. Kostas' Mutter läuft rechts neben Giorgos und trägt die kleine Eolina, die zwischendurch immer wieder laut zu hören ist. Links neben Giorgos läuft Helenas Vater, der einen kleinen Rosenstrauß in der Hand hält.

An diesem Tag ist der Himmel trüb und es ist auch nicht mehr so warm wie an den Tagen zuvor. Der Staub der trockenen Erde unter Giorgos Füßen steigt bei jedem Schritt leicht auf und legt sich auf die schwarzen polierten Schuhe. Die Dorfbewohner zeigen ihre Anteilnahme, indem sie eine schwarze Schleife an ihren Hoftoren oder den Fenstern befestigt haben. Der Trauerzug bewegt sich langsam und beinahe lautlos.

Während des Trauergottesdienstes liegt der offene Sarg vor dem Altar für die Gemeinde einsehbar. Giorgos hat den Glauben an Gott schon vor langer Zeit verloren. Doch Helena hat es verdient, nach orthodoxer Tradition, so wie ihre Mutter auch, beerdigt zu werden. So hatte sie es auch für seinen Onkel Sotis veranlasst auch wenn nur in einer verkürzten Art, da dieser sich das so gewünscht hatte. Nach dem Gottesdienst, bevor Helena aus der Kirche getragen wird, wird sie von jedem auf die Stirn geküsst. Eine letzte Möglichkeit des Abschieds bevor der Sarg verschlossen wird. Giorgos beugt sich über seine Frau und hört ganz deutlich, wie draußen ein Gewitteraufzieht. Es beginnt zu donnern. Er küsst ihre Stirn und fleht sie nochmal mit leiser Stimme an:

»Bitte, mein Schatz. Bitte lass mich nicht zurück. Lass uns nicht zurück. Du bist Mutter. Wir sind eine Familie. Lass uns nicht alleine, bitte.«

Die Sargträger verschließen nun den Sarg und Giorgos blickt mit größter Intensität auf Helenas wunderschönes Engelsgesicht. Er wird dieses Gesicht nie wieder sehen können. Er wird es auch nie vergessen. Er wird es immer und immer wieder zeichnen und sie so für die Ewigkeit festhalten. Der Sarg wird von den

172

Trägern nun langsam angehoben und zum Friedhof vor die Kirche geführt. Es regnet. Und wie es regnet. Seit 14 Wochen der erste Regen. Die Erde wird schnell nass und ebenso der gesamte Trauerzug. Eolina wird unter einem Tuchbedeckt, sodass sie trocken bleibt.

Helena wird neben ihrer Mutter Eolina beigesetzt. Das hätte sie sich auch gewünscht, da sind sich Giorgos und Helenas Vater einmal einig. Langsam wird der Sarg in das für Giorgos tiefste und dunkelste Erdloch hinabgelassen. Das Regenwasser läuft langsam ins Grab. Der Priester spricht ein paar letzte Worte, die Giorgos gar nicht mehr hört. Er versucht sich noch einmal Helenas Stimme zu vergegenwärtigen. Giorgos greift nun in einen kleinen Eimer voller Erde und wirft die erste Erde, die auch schon recht nass ist, auf den Sarg. Er öffnet die Papierrolle, die er die ganze Zeit in den Händen hielt, betrachtet sie kurz und wirft sie ebenfalls ins Grab. Helenas Vater, der direkt hinter Giorgos steht, wirft auch eine Handvoll Erde hinein. Er betrachtet das Papier, das Giorgos ins Grab geworfen hat, und kann seine Tränen nicht zurückhalten. Giorgos hat ein Bild von sich und Helena gezeichnet. Ein Bild auf dem Helena die kleine Eolina in den Armen hält und lacht. Eine richtige Familie eben. *Das wäre so schön gewesen zu erleben*. Dr. Martakis muss von Kostas' Vater gestützt werden, da er sonst umkippen würde. Die Trauernden, die folgen, werfen auch jeweils eine Handvoll Erde ins Grab und

173

versuchen, die Zeichnung, die fast völlig von Erde bedeckt ist, noch zu erkennen. Der Regen zwingt die Trauergemeinde zum baldigen Ende der Zeremonie. Giorgos bittet Kostas und dessen Mutter, Eolina nach Hause zu bringen. Er bleibt noch eine Weile am Grab. Helenas Vater ist bereits gegangen.

Da steht Giorgos nun. Auf dem Friedhof, wo bereits sein Onkel und sein bester Freund liegen. Er wollte damals schon auf Gott wütend sein. *Gott gibt es nicht. Nicht für mich. Es gab ihn nie für mich. Warum sonst sollte er mich immer bestrafen. Das macht ein Gott nicht. Ein Gott, der seine Menschen liebt, lässt das nicht zu.* Giorgos hat sich diese Sätze so oft schon gedacht, dass er es leid ist, Gott nur einen Gedanken zu widmen.

Der Regen prasselt ihm auf sein lockiges Haar. Der Anzug, den er bei seiner Hochzeit trug, ist vollkommen durchnässt, und die Erde, auf der er steht, wird immer rutschiger. Giorgos kniet sich vor Helenas Grab in den Matsch.

»Meine Geliebte Helena. Wie viel wollten wir noch zusammen erleben? Was wollten wir alles tun? – Ich fühle mich so einsam ohne dich. Du fehlst mir. Ich habe Angst die Augen zu schließen. Ich will nicht ohne dich einschlafen. Ich will nicht ohne dich aufwachen. Ich vermisse den Geruch deines Haares, den Geruch deiner Haut, den Klang deiner Stimme. Bitte, mein Schatz, rette mich aus diesem Albtraum. Weck mich auf und sprich zu mir. Hilf mir bitte. Ich kann nicht mehr atmen. Bitte rette mich. – Wir habe eine kleine Tochter. Ein wunderschönes Kind mit dem Gesicht eines kleinen Engels. Mit deinem Gesicht. Hast du sie gesehen? Sie ist toll. Aber ich weiß nicht, wie ich das ohne dich schaffen soll. Wie soll ich ein Kind großziehen? Ich wünsche mir so sehr, dass sie dich kennenlernt. Ich habe dich so sehr geliebt und ich liebe dich so sehr und ich habe Angst, einzugehen und die Kraft nicht zu haben, die ich brauche.«

Giorgos' Tränen fallen auf die nasse Erde und versinken im Erdreich. Er steht auf und verabschiedet sich von ihr. Langsam geht er im Regen den Weg ins Dorf hinab.

Zuhause angekommen warten Kostas und dessen Mutter bereits auf Giorgos.

»Sie schläft«, flüstert Kostas, noch bevor Giorgos etwas sagen kann.

»Ich danke euch sehr. Ihr seid mir eine große Hilfe.« Giorgos zieht sein nasses Jackett aus und lässt es auf den Boden fallen.

»Giorgos.« Kostas' Mutter hebt das Jackett auf und hängt es auf die Leine neben dem Ofen.

»Du kannst gehen, Mutter. Ich bleibe noch eine Weile bei Giorgos«, flüstert Kostas seiner Mutter zu.

Giorgos bedankt sich nochmal bei ihr. Und umarmt sie zum Abschied.

»Komm, lass uns einen trinken, Bruder!« Kostas klopft Giorgos auf die Schulter und holt eine Flasche

Ouzo aus seiner Tasche. Stellt zwei Schnapsgläser auf den Tisch und schenkt ein.

»Auf das Leben, Giorgos. Auf deine kleine Eolina. Auf dass du ihr eine wunderbare Zukunft bescheren kannst.« Beide trinken und Kostas schenkt sofort nach.

»Wie soll ich das schaffen, Kostas? Kannst du mir sagen, wie man ein Baby versorgt? Dr. Martakis gibt mir die Schuld an Helenas Tod.« Giorgos trinkt das nächste Glas aus.

»Das ist doch nicht deine Schuld, Mann. Spinnst du? Dr. Martakis ist wütend. Aber das ist doch verständlich. Er hatte auch nur noch Helena. Was denkst du? Denkst du nicht, dass er sie auch vermisst? Dass ihm sein Herz wehtut? Ihr müsst euch zusammenraufen. Für Eolina.« Kostas rutscht ein Stück näher an Giorgos und legt seinen Arm um ihn.

»Komm, ich zeig dir, wie du die Milch warmhalten kannst, falls Eolina nachts wach wird.« Kostas hat sich von seiner Mutter einiges zeigen lassen.

Giorgos bleibt in dieser Nacht noch lange wach und beobachtet die kleine Eolina im Schlaf. Das Zimmer riecht immer noch nach Helena. So viele Erinnerungen, die Giorgos an Helena hat, lassen ihm die Tränen übers Gesicht laufen. Schließlich schläft er am Bettchen von Eolina ein, die ihn kurze Zeit später mit dem lautesten Babyschrei, den Giorgos je hörte, weckt.

»Ja, meine Kleine. Papa ist ja bei dir. Komm. Du hast bestimmt Hunger.«

Giorgos hat sofort das Fläschchen zur Hand und prompt verstummt der Schrei der Kleinen. Mit Eolina im Arm geht er durch das Haus, durch den Garten und ein Stück die Straße entlang. Er ist müde, traurig und fühlt sich alleine. Eolina schafft es dennoch, ihm ein Lächeln zu entlocken und die Kraft zu wecken, die er jetzt braucht.

Am nächsten Morgen kommt Kostas' Mutter und bringt Giorgos eine ganze Ladung an Stoffwindeln, die sie zuhause zusammengesucht hat.

»Die sind noch von meinen Kindern. Es hat sich aber nichts geändert. Du ziehst sie deiner Kleinen an, kurz darauf macht es sie voll und du brauchst dann eine Neue. Das wird immer so sein. Ich nehme die gebrauchten Windeln mit und wasche sie.«

»Ach, Frau Lembesis. Ich danke Ihnen. Ich wäre echt aufgeschmissen ohne Ihre und Kostas' Hilfe.«

Giorgos umarmt Kostas' Mutter und greift sich die Windeln, die sie im Korb in den Händen trägt.

Nachdem sie die Windeln zum Waschen mitnimmt, geht Giorgos mit Eolina im Arm die Straße hinab. Als er vor Dr. Martakis' Haus ankommt, atmet er tief durch und geht durch das Hoftor hinein. Auf dem Tisch im Hof stehen noch eine halbe Flasche Wein und ein umgekippter Weinkelch.

»Dr. Martakis? Sind Sie da? Hallo?« Giorgos ruft zur Haustüre hinein.

177

»Ja. Moment.« Dr. Martakis steht in der Tür und wirkt recht unausgeschlafen.

»Eolina wollte heute unbedingt ihren Opa besuchen. Meinen Sie, ihr Opa freut sich?«

Giorgos dreht Eolina um, sodass Herr Martakis in ihr Gesicht sieht.

»Oh ja, Giorgos. Ihr Opa möchte sie sehr gerne sehen. – Na komm zu Opa, meine Kleine. Du siehst wie deine Mama aus.« Dr. Martakis kullern ganz kleine Tränen über die Wangen. Er nimmt Eolina, die sofort das Kreischen anfängt.

Giorgos hat in einem Rucksack Milch und Windeln eingepackt und holt diese sofort heraus. Nachdem Eolina die Flasche verweigert, fordert Giorgos Herrn Martakis zum Windeln wechseln auf.

»Das können Sie bestimmt besser als ich.« Giorgos lächelt und hält ihm eine Windel hin.

»Das werden wir jetzt sehen meine Kleine. Nicht wahr? Mal sehen, ob Opa das besser macht. – Um Himmels willen, das ist ja…Puuuhhh. Hei ei ei.« Dr. Martakis scherzt über den Geruch, den Eolina produziert hat.

»Na, Eolina. Hast du Opa eine Überraschung beschert? Hast du fein gemacht.«

Giorgos lacht und auch Eolina hat ein Lächeln im Gesicht.

Die beiden Männer scherzen noch eine Weile, bis Eolinas Windel sitzt und Giorgos die gebrauchte Windel in einem Plastikbeutel geruchsfest verknotet.

»Habt ihr schon gefrühstückt? Ich meine dich, Giorgos? Eolina trinkt ja pausenlos, wie es scheint.«

»Nein. Also, ich bin sofort los, als sie wach wurde.«

Giorgos nimmt Eolina vom dem Tisch, auf dem sie gerade gewickelt wurde. – »Aber wollen Sie denn wirklich auf diesem Tisch jetzt frühstücken?« Beide Lachen.

Dr. Martakis holt nach und nach Essen aus dem Haus und die drei machen es sich im Hof gemütlich. Die Sonne scheint und es ist warm. Abwechselnd halten sie Eolina im Arm, sodass jeder auch mal zum Essen kommt.

»Wollen wir nach dem Essen deine Mama besuchen? Was sagst du, meine Kleine? Hmm? Wollen wir?« Dr. Martakis spricht zu Eolina und erwartet dabei Giorgos' Antwort.

»Ja. Sicher. Das machen wir.« Giorgos' Gesicht verändert sich und das Lächeln schwindet langsam. – »Wir besuchen sie, so oft wir können. Versprochen.«

Die Männer machen sich nach dem Essen mit der kleinen Eolina auf den Weg zum Friedhof. Unterwegs müssen sie ständig halten, da Dr. Martakis jedem Nachbarn und Bekannten seine Enkelin vorstellen möchte. Ganz stolz zeigt er Eolina jedem, der ihnen begegnet.

Als sie sich dem Friedhof und somit Helenas Grab nähern, werden die beiden Männer stumm und gehen die letzten Schritte schweigend. Die Sonne brennt inzwischen auf die mittlerweile getrocknete Erde runter und Dr. Martakis hält Eolina mit seinem Hut Schatten über dem Köpfchen.

Giorgos lässt sich an Helenas Grab auf die Knie fallen und die Erde staubt unter seinen Knien hoch. Stumm weint er an Helenas Grab. Dr. Martakis kann seine Tränen ebenfalls nicht mehr zurückhalten. Eolina spürt die Stimmungsveränderung und schreit aus voller Kehle. Dr. Martakis versucht sie durch Wippen und Schaukeln zu beruhigen. Selbst das Fläschchen will sie nicht. Er geht ein paar Schritte mit ihr, während Giorgos immer noch Helenas Grab anstarrt. Die Blumen, die das Grab zierten, sind schon trocken und Giorgos fragt sich, welchen Sinn neue Blumen machen würden. Eolinas Schreien ist verstummt und Giorgos spricht ganz leise zu Helena.

»Wir werden dich so oft besuchen, wie es uns möglich ist. Ich weiß nur nicht, ob der Friedhof für unser kleines Mädchen ein angemessener Ort ist. Ich werde ihr alles von dir erzählen, ihr alle Bilder von dir zeigen. Sie wird wissen, wer ihre Mutter ist. Sie wird wissen, wer meine Frau ist. Dein Vater liebt sie genauso wie ich. Und wir vermissen dich. Und wie wir dich vermissen. Es tut so weh, dass ich Angst habe, dass der Schmerz mich umbringt und ich nicht mehr für Eolina da sein kann. Ich möchte so gerne bei dir sein, wenn du nicht bei mir sein kannst.«

Giorgos greift mit beiden Händen in die Erde vor sich und wünscht sich, er könnte etwas fühlen.

»Giorgos!« Dr. Martakis kommt in schnellem Tempo auf Giorgos zu. »Komm schnell. Sie ist ganz blau.«

»Eolina. Was ist denn?«

Eolina ist ganz blau angelaufen und schreit so intensiv, dass sie zeitweise keine Luft holen kann. Die Männer sind verzweifelt und wissen nicht, was sie tun können. Schaukeln, zureden, Luft zuwedeln. Sie versuchen alles Mögliche. Eolina atmet zwischendurch und schreit sofort wieder los. Sie beruhigt sich schließlich und auch ihre Haut sieht wieder normal aus.

»Giorgos, das müssen wir untersuchen lassen. Hörst du?« Dr. Martakis ist ganz aufgelöst und erleichtert, dass Eolina wieder normal atmet.

»Oh, meine Kleine. Mach mir bitte keine Angst. Hörst Du? Mach das nie wieder.«

Giorgos drückt Eolina an seine Brust und die beiden Männer machen sich auf den Weg zu Giorgos' Haus.

»Du solltest mit ihr ins Krankenhaus, Giorgos. Um wirklich sicher zu sein, dass alles in Ordnung ist.« Dr. Martakis versucht Giorgos den Ernst der Lage deutlich zu machen. »Es gibt alles Mögliche an Kinderkrankheiten, die eine Behandlung benötigen. Ich kann das hier nicht herausfinden.«

»Nach Athen? Das ist aber ein weiter Weg. Darf man überhaupt mit einem Kind so bald Autofahren?« Zuhause angekommen legt Giorgos Eolina in ihr Bettchen und beobachtet sie.

»Ich frage mal Kostas. Ich gehe mal zu ihm rüber. Könnten Sie auf Eolina aufpassen?«, bittet er Dr. Martakis, während er schon fast aus dem Haus ist.

Dr. Martakis sitzt am Boden neben Eolinas Bettchen und spricht zu ihr, dass sie seine Anwesenheit spürt.

Kurze Zeit später ist Giorgos zurück.

»Kostas besorgt ein Auto, dann kann ich mitfahren.«

»Gott sei Dank. Soll ich mitkommen? Du brauchst Geld für die Ärzte. Nimm auch Wein mit. Sonst musst du ewig warten.« Dr. Martakis greift sich in die Westentasche und holt aus seinem Portemonnaie mehrere Geldscheine heraus.

»Dr. Martakis. Das geht nicht.«

Giorgos möchte das Geld nicht nehmen, weiß aber dass er es brauchen wird.

»Das ist für meine Enkelin, nicht für dich. Nimm schon.«

Er drückt es Giorgos in die Hand.

»Komm, lass uns die Sachen für Eolina zusammenpacken.« Sie packen Windeln, Milchpulver und bereits angerührte Milch in Fläschchen. Etwas Brot für Giorgos und zwei Flaschen Wein.

»Los geht's, Giorgos.« Kostas steht in der Türe. Draußen vor dem Haus knattert der LKW, mit dem Kostas und Giorgos normalerweise Medikamente auslieferten.

»Tut mir leid, Dr. Martakis. Es gibt nur noch einen Sitzplatz. Ich bringe beide zurück und sie werden sehen, es ist alles gut.« Kostas versucht die Stimmung etwas zu entspannen.

Während der ganzen Fahrt sprechen die beiden Männer kaum. Kostas fährt vorsichtig, anders als sonst, er umfährt die Schlaglöcher und beschimpft nicht jeden, der ihm unterwegs in die Quere kommt.

Giorgos beobachtet die ganze Zeit Eolina, dass sie nicht die Luft anhält oder blau anläuft. Er versucht sie in den Schlaf zu summen, doch das Motorgeräusch des LKW ist lauter als sein Summen.

Als sie in Athen vor dem Krankenhaus ankommen, springt Kostas sofort heraus, geht auf Giorgos Seite, öffnet die Autotür und nimmt Eolina, damit Giorgos aussteigen kann.

»Ich warte hier auf euch«, ruft Kostas den beiden hinterher. Giorgos geht im Eiltempo ins Krankenhaus und fragt sich schnell nach einem zuständigen Arzt durch. Bis er auf die Säuglingsstation durchgeführt wird, ist er bereits beide Flaschen Wein und 100 Drachmen losgeworden. Er wartet schließlich über eine Stunde, bis endlich ein Arzt zu ihm kommt. Nach ausführlicher Schilderung holt der Arzt eine Krankenschwester dazu, die Eolina nimmt.

»Wir werden Ihre Tochter jetzt gründlich untersuchen, Herr Galanis. Machen Sie sich keine Sorgen. Wenn etwas nicht stimmt, dann finden wir das heraus.« Der Arzt nimmt den Bogen, den Giorgos während der Wartezeit ausfüllen musste, und geht der

Krankenschwester in ein Untersuchungszimmer hinterher.

Giorgos fühlt sich machtlos. Sie nehmen Eolina mit und er kann nicht bei ihr sein. Ein ungewohntes Gefühl.

Giorgos sieht an den Wänden die Plakate mit Kinderkrankheiten, Untersuchungen und Behandlungen. Angst breitet sich bei ihm aus.

Ob es ihr gut geht? Ob sie etwas Ernstes hat? Wie lange das wohl noch dauert? Giorgos wird ungeduldig. Kostas hält es im LKW nicht mehr aus und kommt zu Giorgos auf die Station.

»Und? Gibt's schon was Neues? Hat man dir etwas gesagt? Wo ist Eolina?« Kostas hat Giorgos einen Kaffee mitgebracht und drückt ihm diesen in die Hand.

»Ich weiß nichts, Kostas. Schon zweieinhalb Stunden. Ich habe echt Angst.« Giorgos schluchzt.

Kostas nimmt Giorgos in den Arm und drückt ihn ganz fest.

»Hab keine Angst, Bruder.«

Giorgos' kommen die Tränen, nachdem Kostas ihn Bruder nennt. Als Mikis starb, verlor Kostas seinen einzigen „Bruder".

»Herr Galanis?«

Die Krankenschwester von vorhin ruft Giorgos ins Behandlungszimmer. Kostas nimmt ihm den Kaffeebecher wieder aus der Hand.

Giorgos nimmt Eolina sofort in den Arm, als er sie im Zimmer erblickt. Sie schreit nicht, ist hellwach und schaut ihn an.

»Wir haben bei ihrer Tochter eine Pulmonal Stenose festgestellt. Das ist …«

»Ich weiß was das ist.« Giorgos unterbricht den Arzt. – »Ich habe das Gleiche.« Giorgos weint. Die Krankenschwester schiebt ihm einen Stuhl hin.

»Gut. Diese Krankheit ist leider vererbbar und somit ist nun auch klar, woher ihre Tochter das hat. Aber das ist ja nicht schlimm, wenn man das weiß. Sie wissen ja schließlich, worauf Sie achten müssen. Bei Säuglingen ist das nicht viel anders, jedoch raten wir gerade bei Säuglingen und Kleinkindern zu einer medikamentösen Behandlung, die unterstützend wirken soll. Das heißt, dass die Atemaussetzer nicht mehr eintreffen.«

»Und wie mache ich das?« Giorgos fragt sich, wie er Eolina Tabletten verabreichen soll.

»Sie können die Tropfen nehmen und diese einmal am Tag in die Milch einrühren.«

Giorgos betrachtet seine Tochter und gibt sich die Schuld an ihrem Leiden, an den Einschränkungen, die sie in ihrem Leben haben wird. Keine körperlichen Überanstrengungen, Sport, schwimmen, rennen. Alles was Kindern Spaß macht.

»Ich stelle Ihnen ein Rezept aus. Die Schwester wird es Ihnen draußen geben. Ich wünsche Ihnen Alles Gute, Herr Galanis.

»Danke, Herr Dr.. Vielen Dank.«

Giorgos geht raus zu Kostas und erklärt ihm die Situation.

»Hauptsache, du hast Gewissheit. Jetzt weißt du, worauf du achten musst. Und wenn es Medikamente gibt, dann kann das auch nicht mehr so wie heute Morgen passieren.« Kostas ist sichtlich erleichtert. »Tut mir Leid, Giorgos, aber deinen Kaffee hab ich jetzt selber getrunken.«

Kostas nimmt Eolina und Giorgos packt die Windeln aus, da Eolina eine neue Windel braucht. Die beiden fragen nach einer Wickelmöglichkeit für Eolina und werden prompt ein Stockwerk tiefer gelotst.

Kostas geht voraus, um den LKW vom Parkplatz zu holen, während Giorgos die letzten Sachen von Eolina zusammenpackt. Auf dem Weg durchs Treppenhaus erblickt er zwei Stationen tiefer Eolina Papandreou, seine erste große Liebe, die er schon einmal hier gesehen hatte. Sie trägt ein Kopftuch hinter dem Kopf zugebunden, ein dunkles Kleid und sie sieht immer noch so aus, wie Giorgos sie kannte. Sie wirkt etwas müde und erschöpft. Sie steht mit zwei Krankenschwestern im Gang und unterhält sich. Giorgos wusste schon, als er sie im Winter gesehen hatte, dass sie in diesem Krankenhaus arbeitet, aber hatte dies erfolgreich verdrängt.

»Also dann bis nächste Woche, Eolina.« Die Schwestern verabschieden Eolina und diese geht an

Giorgos vorbei, der sich umdreht, damit sie ihn nicht erkennt.

Giorgos sieht ihr noch hinterher und fragt sich, ob es falsch wäre, wenigstens »Guten Tag« zu sagen.

Er geht zu den Schwestern, von denen sich Eolina gerade verabschiedet hatte.

»Entschuldigen sie bitte. Ich bin ein guter Bekannter von Eolina Papandreou. Ich würde gerne wissen, an welchem Tag Eolina nächste Woche kommt.«

»Ähm …« Die Schwestern sehen sich an. »Also, naja, also, Mittwoch kommt sie wieder«, antwortet eine der beiden.

»Und wie lange hat sie denn Dienst am Mittwoch?«, fragt Giorgos nach.

»Also, Eolina arbeitet nicht hier. Sie ist Patientin«, antwortet die zweite der beiden Schwestern, während die andere sie mit dem Fuß leicht anstupst. – »Wir müssen gehen, Auf Wiedersehen.« Die beiden verabschieden sich und verlassen schnell den Gang.

Giorgos schaut sich im Gang um und erblickt über dem Empfangsschild die Stationsbezeichnung »Krebsstation«.

Seine Knie werden weich und er muss sich setzen, um seine kleine Eolina nicht fallenzulassen.

Hat Eolina Papandreou Krebs? Giorgos war es nicht aufgefallen, aber jetzt wird es deutlicher. Das Kopftuch, der müde Blick. Macht sie hier eine Therapie? Chemotherapie? Giorgos stockt der Atem. Er steht auf und geht langsam mit der kleinen Eolina die

187

letzten Treppen hinunter zu Kostas, der auf die beiden wartet. Während der Fahrt blickt Giorgos nur noch zum Fenster hinaus und spricht kein Wort. Kostas hingegen unterhält sich fröhlich mit Eolina. Er ist erleichtert, dass Eolinas Krankheit erkannt wurde und nun vorgebeugt werden kann.

»Mach dir keine Sorgen wegen der Tropfen für Eolina. Hörst du, Giorgos? Ich bin Arzneimittelfahrer.«

Kostas hat gute Laune und macht das Radio an. Lässt ganz leise griechische Musik laufen und singt mit, in der Hoffnung, dass es Eolina gefällt.

Es ist schön spät, als sie endlich in Laurion ankommen, und die kleine Lina, wie Giorgos und die Anderen Eolina neuerdings liebevoll nennen, schläft bereits. Kleo begrüßt die beiden hechelnd und ist ganz leise dabei, so als wüsste sie, dass Lina schläft.

Giorgos legt sie in ihr kleines Bettchen und bereitet noch zwei Fläschchen mit Babymilch für den Fall, dass Lina in den nächsten Stunden wach wird. Der Gedanke an Eolinas Zustand, ihre Krankheit, lässt ihn nicht los. Sie hat bestimmt die notwendige Unterstützung durch ihren Vater, der in Athen mit Sicherheit noch weit einflussreicher ist, als er es früher war. Giorgos stellt fest, dass ihm Eolina nicht egal ist, es ihm wichtig ist zu wissen, dass es ihr gut geht. Er liegt noch lange wach und starrt an die Decke. Eine kleine Kerze schenkt nur wenig Licht und Giorgos beobachtet die Schatten, die sich an der Decke durch das Kerzenlicht bilden. Er denkt an Helena. Wie sie das finden würde, zu wissen, dass er sich um Eolina sorgt. Doch für Giorgos ist es nicht die Sorge aus Liebe. Es ist eine Sorge wie um einen guten Freund, dem man nur das Beste wünschen würde. Liebe, und das weiß Giorgos, hat er tatsächlich nur mit Helena und seiner kleinen Lina erfahren.

Es vergeht keine ganze Stunde und gegen halb drei Uhr in der Nacht, wird Lina wach und schreit nach ihrer Milch. Giorgos ist froh um die Ablenkung, die ihm Lina gerade schenkt. Müde nimmt er die Kleine in den Arm und gibt ihr das Fläschchen.

»So, meine Kleine. Ich werde mich gut um dich kümmern. Hörst du? Bleib mir ja gesund und werde so, wie es deine Mutter war. Und du wirst sehen, wie schön das Leben sein kann.«

Giorgos küsst ihre Stirn und legt sie ganz vorsichtig wieder in ihr Bettchen.

Er legt sich noch eine Weile ins Bett und denkt über den vergangenen Tag nach und über die Tage und Wochen, die folgen werden.

Am Morgen steht Dr. Martakis vor der Tür und ruft Giorgos und Lina.

»Giorgos. Sag schon. Wie sieht es denn aus? Hab mir die ganze Nacht Sorgen gemacht.«

Dr. Martakis nimmt die Kleine aus dem Bettchen und wippt sie leicht hin und her in seinen Armen.

»Sie hat Pulmonal Stenose. Das gleiche wie ich. Und ich bin schuld.«

Giorgos drückt Dr. Martakis ein Rezept in die Hand.

189

»Das brauchen wir regelmäßig, solange sie noch ein Kind ist. Damit sie nicht blau anläuft oder die Atmung nicht aussetzen kann.«

»Ja. Das bekommen wir hin, Giorgos. Und es ist mit Sicherheit nicht deine Schuld. Hörst du? – Wir besorgen die Medikamente. Hauptsache, meiner kleinen Enkeltochter geht es gut.«

»Ich habe schon mit Kostas gesprochen. Er versucht seine Kontakte zu nutzen, um einen günstigeren Preis zu bekommen.«

»Selbst wenn nicht, Giorgos. Wir bekommen das hin.«

Giorgos ist erleichtert, dass Dr. Martakis ihn dabei unterstützen will.

»Haben Sie schon gegessen? Ich könnte uns etwas machen.«

Giorgos legt eine weiße Stofftischdecke auf und holt zwei Teller aus dem Schrank.

»Ich habe gegessen, Giorgos. Danke. Und nenn mich bitte Dimitrios.«

»Einverstanden, Dimitrios.«

»Ich geh ein paar Schritte mit Lina und du kannst in Ruhe Frühstücken. Danach unterhalten wir uns mal, wie es weitergehen soll. Ja?«

»Ja, das machen wir.«

Giorgos öffnet die Türe und lässt die beiden raus. Kleo läuft den beiden bellend hinterher. Die Sonne scheint bereits und es ist warm.

Giorgos nutzt die Zeit, um nach dem Essen die Windeln von Lina einzuweichen und um weitere Babymilch vorzubereiten. Kostas' Mutter hat ihm eine Liste geschrieben mit Dingen, die er immer im Haus haben muss, um Lina stets versorgen zu können. Giorgos prüft, ob er noch alles vorrätig hat. Babypuder, Milchpulver, Feuchtigkeitscreme usw. Die Ersatzfläschchen kocht er ab, um immer sterile Fläschchen zu haben. Und jedes Mal, wenn er etwas für Lina vorbereitet, oder auch beim Windelwaschen, stellt er sich vor wie es hätte sein können, das mit Helena zu erleben. Unter Tränen schrubbt er die Windeln am Waschbrett im Waschzuber hinter dem Haus. Er hat zwölf Wäscheleinen hinter und vor dem Haus gespannt und somit kann beinahe das ganze Dorf sehen, wenn Giorgos gewaschen hat. Höchstens zwei Shirts und zwei Hosen von ihm, ansonsten ist das ganze Haus umhüllt von weißen Dreieckswindeln aus Baumwolle, die im Wind wehen. Und wie weiß sie schimmern. Giorgos gibt sich bei Linas Sachen besonders viel Mühe.

Dr. Martakis kehrt nach einer kleinen Runde durch das Dorf zurück, auf der er ganz stolz seine Enkelin präsentiert hat.

»Hallo, Papa Giorgos«, begrüßt er Giorgos, indem er ihm Lina hinhält.

»Hallo, meine Kleine. Sieh mal. Das alles hast du vollgemacht. Und wie voll. Jeder kann das sehen, was du für ein kleiner Scheißer bist.«

Giorgos und Dr. Martakis lachen.

»Ich muss viel essen, um zu wachsen«, spricht Dr. Martakis mit verstellter Stimme, als hätte es Lina gesagt.

»Ja. Das musst du, Liebling. Wachse nur. Aber nicht zu schnell.«

Giorgos nimmt sie in den Arm und die drei gehen ins Haus.

»Hör mal, Giorgos. Im Hafen fangen die wieder mit den Arbeiten an. Du solltest mal wieder nachfragen. Das wird den ganzen Sommer halten.«

»Ja, ich weiß, Dimitrios. Ich weiß nicht, wie ich das mit Lina machen soll. Kostas' Mutter hat sich bereiterklärt, ab und zu auf Lina aufzupassen, aber ich weiß nicht so recht.«

»Auf keinen Fall, Giorgos. Kostas ist das beste Beispiel. Das nennst du Erziehung. Der Bengel ist nicht nur ungebildet, sondern auch noch ein Hallodri. Das machen wir mit unserer Kleinen nicht. Ich passe auf sie auf.«

»Aber deine Arbeit. Ich meine, du musst doch auch arbeiten.«

»Weißt du, ich hatte schon länger vor, kürzer zu treten. Ich war froh, dass Helena stets an meiner Seite dabei war. Ich wünschte ich hätte mehr Freizeit als Arbeitszeit mit ihr verbracht. Und Lina ist jetzt klein und braucht mich und dich. Ich bin am Tag daheim, und wenn du kommst, nimmst du sie mit. Ich kann abends immer noch auf Visite hier in Laurion gehen.

Das ist das, was ich dir anbieten kann. Was denkst du?«

»Ich würde das nie von dir verlangen. Und ich würde es nie annehmen, wenn es dabei nicht um Lina geht. Ich werde mich revanchieren.« Giorgos umarmt Dimitrios und gibt Lina einen kleinen Kuss auf die Wange.

»So, und nun werde ich als erstes deine Babyliste mitnehmen und einkaufen gehen. Ich werde das gleiche, was du bereits hast, auch daheim brauchen.« Dimitrios nimmt die Liste vom Tisch, die Giorgos bereits abgehakt hat.

Die beiden gehen nochmal alles durch und Giorgos setzt sich noch eine Weile mit Lina hinter das Haus in den Schatten und hört Radio. Dabei schaukelt er sie im Arm so lange, bis sie einschläft.

In der darauffolgenden Woche kann Giorgos im Hafen wieder die Arbeit aufnehmen. Er hilft beim Stegbau und beim Sägen der Holzdielen, aus denen später die Stege gebaut werden. In Laurion soll ein Hafen ausschließlich für Gutbetuchte entstehen. In Thorikou wird bereits eine Grube für das erste Hotel ausgehoben. Nachdem die Arbeit in der Mine immer weniger wird und viele junge Leute nach Deutschland zum Arbeiten sind, ist das Geschäft mit dem Tourismus vielleicht einmal wieder ein Segen für die Gegend.

An jedem Morgen in der Woche kommt Dimitrios und nimmt Lina mit, falls sie wach ist. Ansonsten wartet er noch in Giorgos' Haus, bis sie wach ist und geht erst dann zu sich nach Hause. Auch Kostas' Mutter versucht den beiden Männern mit Rat und Tat zur Seite zu stehen. Ob es beim Baden ist oder beim Anziehen. Giorgos holt Lina immer sofort nach der Arbeit auf dem Nachhauseweg ab. Die Männer haben sich gut organisiert und beinahe das ganze Dorf bewundert diese Partnerschaft und Zusammengehörigkeit. An den Wochenenden gehen die beiden mit der kleinen Lina gemeinsam durch den Ort, über die Felder und auch mal zu den Nachbarn, die sie ganz spontan einladen. Schließlich hat beinahe jeder etwas mitzugeben. Ob es Kinderschuhe, Kleidung, Spielzeug oder Windeln sind.

Die Wochen gehen vorüber und es vergehen kaum Tage, an denen Giorgos nicht an Eolina denken muss. *Wie es ihr wohl ergehen mag? Ob die Therapie bei ihr anschlägt?* Er traut sich nicht, Dimitrios Fragen über Krebs zu stellen. Gerne wüsste er genauer Bescheid, aber er will Dimitrios damit nicht beunruhigen.

Kostas kommt regelmäßig von seinen Fahrten mit Linas Tabletten zurück. Tatsächlich bezahlt Giorgos nicht einmal die Hälfte des Preises, wenn Kostas die Medikamente besorgt. Kostas hat sich dafür entschieden nicht im Hafen zu arbeiten. Das ist ihm körperlich zu anstrengend. Er fährt nun fast jeden Tag auf seinen Touren bis spät in die Nacht. Aber dennoch lässt er es sich nicht nehmen, fast täglich bei Giorgos und Lina vorbeizuschauen. Er nennt sich gerne Linas »Onkel«.

Einmal im Monat fährt Giorgos mit Lina und Kostas nach Athen, um die Kleine vorsorglich untersuchen zu lassen. Bis zum fünften Lebensjahr empfehlen die Ärzte eine regelmäßige Untersuchung bei Kindern. Giorgos wusste nicht, dass die Zähnchen wachsen und Lina daher häufiger weint und schreit als sonst.

Jedes Mal, wenn Giorgos mit Lina in der Klinik in Athen ist, geht er durch das Stockwerk der Krebsstation und fragt sich ob er auf Eolina treffen möchte oder nicht. *Wenn er sie trifft, ist sie noch krank und wenn nicht, könnte sie ja geheilt sein, oder schlimmer.* Er wünscht sich einfach nur ein Zeichen, das ihm bestätigt, dass alles gut ist. Das würde ihm reichen.

Als er nach einer Untersuchung im August bereits im LKW mit Lina sitzt, hört er Kostas mit einem Lieferanten verhandeln. Dabei stellt er fest, dass Kostas Linas Tropfen gar nicht günstiger bekommt, sondern stets den vollen Preis zahlt.

Als Kostas in den LKW steigt, ist er erschrocken, dass Giorgos schon da ist.

»Hey, Mann. Hast mich voll erschrocken. Na, alles gut mit unserer Kleinen?« Kostas startet sofort den Motor und fährt los.

»Ja. Es ist alles in Ordnung. Kostas, warum hast du mir das nicht gesagt? Du zahlst schon die ganze Zeit den vollen Preis?« Giorgos ist sauer.

»Das ist schon in Ordnung, Mann. Ich arbeite doch auch mehr und verdiene mehr.«

»Aber deswegen arbeitest du mehr.«

»Weißt du, wenn wir uns das teilen, dann ist es für jeden von uns nur ein kleiner Bruchteil. Und ich würde dir immer helfen. Du warst mit meinem kleinen Bruder in der Fremde und hast dein Bestes gegeben. Und nun mache ich das Gleiche.« Kostas schaut weiter stur auf die Straße.

»Du bist ein wahrer Freund, Kostas. Ich weiß das zu schätzen. Aber ich komme auch alleine zurecht.«

»Das weiß ich doch, Mann. Es ist überhaupt nicht schwer zu helfen. Es ist ein verdammt gutes Gefühl. Wirklich. – Und noch was. Ich habe eine Überraschung hinten aufgeladen. Ich zeige es dir daheim.«

Giorgos sieht die kleine Lina noch eine Weile an und schaut sich die trockene karge Gegend an, die zwischen Athen und Laurion liegt. Aus der Ferne kann man die Baustelle mit den Kränen in Thorikou sehen.

»Schau mal. Das wird das Hotel. „Lagonissi" soll es heißen. Klingt nicht schlecht, oder?« Kostas zeigt auf die Baustelle. »Ich habe schon ein paar Leute kennengelernt, die dort arbeiten werden. Ich könnte mir das auch vorstellen. Aber dann nur an der Bar. Da werden dann die schärfsten Frauen den gutaussehenden Barkeeper anschmachten. Oder? Was meinst du, Giorgos?«

»Hast du schon mal hinter einer Bar gestanden? Dahinter meine ich, nicht darunter?« Giorgos lacht.

»Sehr witzig. Ha ha ha. Ich kann nicht mehr vor Lachen. – Die bringen denen alles bei. Die machen Schulungen dafür. Kellner, Zimmermädchen, Köche – alles Mögliche eben. Die werden viele Leute brauchen. Im Sommer werde ich dort arbeiten und im Winter fahren. Wäre nicht schlecht, oder?«

Giorgos denkt darüber nach, ob er für die Arbeit in einem Hotel geeignet wäre.

Als die drei in Laurion ankommen, springt Kostas gleich nach hinten.

»Schau mal her. Beeil dich«, ruft er Giorgos von hinten.

»Das gibt's doch nicht. Wo hast du den denn her? Oder vermisst nun ein Baby irgendwo in Athen seinen Babywagen?« Giorgos staunt nicht schlecht, als Kostas einen ramponierten verdreckten Kinderwagen von der Ladefläche runterzieht.

»Das Ding ist spitzenmäßig. Und ich habe dafür echt nichts bezahlt. Hab ich von der Müllstelle der Klinik geholt.« Kostas ist ganz stolz auf seinen Fund.

»Vom Müll? Muss ich erst die Ratten raus scheuchen?«, scherzt Giorgos.

»Ja ja. Echt, du bist ein Komiker. Das Ding wird im Nu superflott aussehen. Den kriegen wir hin, oder?«

»Du hast Recht, Kostas. Der ist super. Und ich danke dir. Du hast dir echt Gedanken gemacht. Außerdem wird Lina langsam immer schwerer.«

197

Giorgos umarmt Kostas und betrachtet das Fundstück nochmal genauer.

»Das ist aber ein gutes Stück Arbeit. – Wir können den zusammen am Wochenende aufbauen. Und Dimitrios kann solange auf Lina achtgeben. Was denkst du, Kostas?«

»Ich bin dabei. Versprochen.« Kostas verabschiedet sich von den beiden und fährt den LKW vor sein Haus.

Als am nächsten Morgen Dr. Martakis den Babywagen vor dem Haus entdeckt, ist er sichtlich entsetzt.

»Sag mir bitte nicht, dass du dein Kind da reinsetzen willst.«

»Guten Morgen Dimitrios. Findest du nicht, dass der Wagen Potenzial hat? Der wird super.« Giorgos beißt in sein Brot während er Lina auf dem Schoß am Esstisch schaukelt.

»Aha. Also wenn du meinst. – Gib sie mir, dann kannst du in Ruhe essen.«

Dimitrios nimmt Lina und geht um den Wagen herum, der vor dem Eingang steht.

»Willst du damit rumgefahren werden? Du armes Ding. Das ist ja mal eine Zumutung«, spricht Dimitrios zu Lina.

»Giorgos.« ruft er von draußen. – »Selbst wenn sie noch ein Baby ist, habe ich das Gefühl, dass es ihr peinlich wäre, wenn du sie damit herumfährst.«

»Mach du nur Witze. Du wirst sehen.«

Giorgos stellt sich in den Eingang und isst sein Brot fertig. Er verabschiedet sich von den beiden und macht sich auf den Weg in den Hafen.

Am darauffolgenden Wochenende haben Giorgos und Kostas den Hinterhof zur Werkstatt umfunktioniert. Dimitrios spielt mit Lina. Kleo schleicht um alle herum und schaut neugierig den Kinderwagen an. In alle Einzelteilen zerlegt, kommt schnell die Frage auf, ob das wieder alles zusammenkommt, was zusammen gehört.

»Also Jungs ich bin kein Experte aber allein die Tatsache, dass ein Rad komplett fehlt, gibt mir zu denken«, wirft Dimitrios ein.

»Komm schon, Doktor, Spiel mit der Kleinen oder geht spazieren. Deine Bemerkungen sind nicht gerade unterstützend«, scherzt Giorgos.

Die Räder des Wagens sind etwa tellergroß und ursprünglich war der Wagen weiß. Der Holzkasten in dem eigentlich das Baby liegen wird, ist stark verschmutzt, und das Innere nicht mehr vorhanden. Auch die klappbare Sonnenblende ist angerissen.

»Also, Kostas, beim Stoff und beim Innenleben brauchen wir deine Mutter. Das kann ich nicht. Oder kannst du nähen?«

»Sicher kann ich nähen. Wenn ich daheim meine Tischdecke fertiggehäkelt habe, dann nähe ich dir ein weiches Kissen.« Kostas lacht und drückt Giorgos ein Glas in die Hand und schenkt ihm nochmal Wein nach.

»Zum Wohl.«

»Zum Wohl, Dr. Martakis.« Kostas und Giorgos prosten Dimitrios zu.

»Sie haben das Baby, also dürfen Sie nicht mittrinken«, ruft Kostas.

»Komm, meine Kleine, die Jungs haben zu viel Sonne und zu viel Wein.«

Dimitrios geht mit Lina ein Stück über die Straße. Kleo läuft den beiden hinterher.

Kostas schrubbt die Räder und das Untergestell, während Giorgos versucht, den Holzkasten vom Schmutz und von Stoffresten zu befreien.

»Wir könnten ein Rad aus Holz machen. Was denkst du?«, fragt Kostas.

»Ja, daran dachte ich auch schon.«

Die beiden sägen aus einem flachen Holzbrett eine Scheibe, die so groß ist wie die drei vorhandenen Räder des Kinderwagens.

Das Untergestell einschließlich der Räder ist schnell zusammengebaut und Kostas ölt die Räder mit etwas Motoröl, das er aus dem LKW geholt hat.

Mit dem Holzkasten gehen beide rüber zu Kostas' Mutter und bitten diese um Unterstützung.

Ein weißes Bettlaken und Wollreste hat sie schnell zur Hand und auch schon etliche Ideen, wie das Ganze aussehen kann.

»Ich verlasse mich da auf Ihr Gespür und Ihre Erfahrung. Vielen Dank für Ihre Hilfe.«

Giorgos lässt den Kasten bei ihr und geht mit Kostas zurück. Dimitrios ist inzwischen mit Lina zurück.

»Meine Güte. Sieh mal einer an. Ein viertes Rad. Wir kommen dem Ganzen ein Stück näher. Das sieht gut aus, Jungs«, lobt Dimitrios die beiden Männer. – »Und nun schaut mal, was wir heute gelernt haben.«

Dimitrios setzt Lina auf den Tisch und sie sitzt selbstständig. Dimitrios hält seine Hände um sie, allerdings ist das das erste Mal, dass sie sitzt.

»Hey, meine Kleine. Du sitzt ja. Das ist ja fantastisch.« Giorgos bewundert sie ganz stolz gibt ihr einen Kuss auf das Köpfchen.

»Also meine Herren. Wir haben heute auch etwas geleistet. Und zur Belohnung hat Lina euch beiden eine Stinkbombe gebastelt. Viel Spaß.«

Er drückt Lina Giorgos in die Hand und verzieht dabei die Nase.

»Ähm, also, ich glaube, meine Mutter hat gerufen. Ich muss gehen, Leute.« Kostas macht sich vom Acker.

»Du bist ein wahrer Freund. Danke, Kostas. Sie wird dir noch ganz oft die Gelegenheit bieten, dich um ihre Duftpäckchen zu kümmern. Lauf du nur weg.«

Giorgos lacht, als er ihm hinterher ruft.

Lina sitzt in den darauffolgenden Tagen immer stabiler und ist bemüht selbständig, sich aufzurichten. Allerdings braucht sie beim Aufrichten noch ein wenig

Hilfe. Dimitrios und Giorgos sind ganz stolz auf „ihre" Leistung.

Am nächsten Wochenende bringt Kostas' Mutter den Holzkasten zurück. Giorgos ist sprachlos.

»Ich bin fassungslos. Der sieht wunderschön aus.«

Sie hat den Kasten von außen mit weißem Stoff bezogen. Innen hat sie die Seiten mit Wolle ausgepolstert und dann mit Stoff überzogen. Die Liegefläche ist weicher als ein Daunenkissen und selbst ein kleines Kopfkissen mit passender Decke hat sie angefertigt. Die Sonnenblende sieht makellos aus. Und lässt sich wunderbar auf- und zuklappen.

Giorgos hat Tränen in den Augen.

»Das ist einfach unglaublich und wunderschön. Vielen Dank.«

»Gerne, mein Junge. Da freut sich deine Kleine bestimmt.« Sie nimmt Giorgos in den Arm und drückt ihn ganz fest. Denkt dabei an ihren verlorenen Sohn Mikis. An die Zeit, als Giorgos und Mikis jede freie Minute als Kinder zusammen verbracht hatten.

»Kostas kommt auch gleich rüber, um dir beim Zusammenbau zu helfen.«

Als Kostas zusammen mit Giorgos den Wagen zusammenbaut, ist auch Dimitrios dabei, um auf Lina aufzupassen.

»Sieh mal. Sieht besser aus als ein neuer Wagen.« Giorgos präsentiert ganz stolz Dimitrios den Wagen.

»Oh ja. Also, das ist echt ein Prachtstück. Habt ihr wirklich gut hinbekommen.«

Dimitrios kommt näher und zeigt Lina ihren Wagen.

»Wollen wir mal testen.« Kostas hängt eine kleine Stoffente an die Sonnenblende des Wagens.

Giorgos legt langsam Lina in den Wagen. Diese schreit wie am Spieß und will wohl nicht akzeptieren, nicht mehr im Arm gehalten zu werden. Zu dritt schaukeln die Männer eine kleine Weile am Wagen, sodass Lina sich schnell beruhigt und zu lächeln beginnt.

»Also, fahren wir doch eine kleine Runde«, fordert Kostas die anderen auf.

Und schon rollen die Räder über den holprigen und staubigen Weg.

»Klappt doch ganz gut. Und unten in den Korb könnt ihr eure ganzen Babysachen hinein räumen«, fügt Kostas hinzu.

Ganz stolz schiebt Giorgos den Wagen über die Straße den Weg hinunter. Und jeder, an dem die Männer vorbeikommen, kommt und staunt über den schönen Wagen.

»Hoppla. Stopp, Giorgos«, ruft Dimitrios, der gerade einer runden Holzscheibe hinterherläuft. Das selbstgemachte Holzrad hat sich gelöst und rollt dem Wagen voraus.

Nach einem kurzen Schrecken beginnen die Männer lauthals zu lachen.

»Giorgos, du schiebst so langsam, dass dein eigenes Rad dich überholt.«

Dimitrios klopft Giorgos auf die Schulter, während Kostas das Rad wieder montiert.

»Da muss nur eine dickere Schraube rein und das hält.« Kostas behält das Rad im Auge, bis sie wieder am Haus ankommen.

»Das ist ein toller Wagen. Danke, Kostas, dass du an Lina gedacht hast, als du ihn entdeckt hast.«

Giorgos lädt die Männer noch auf einen Wein ein und abwechselnd schaukeln sie am Kinderwagen, in dem Lina eingeschlafen ist.

Dimitrios fährt in den folgenden sonnigen Tagen immer draußen mit Lina im Wagen spazieren. Lina weint inzwischen nicht mehr wenn sie in den Wagen gelegt wird. Zusammen mit Giorgos gehen sie über die Felder, zum Friedhof und auch mal um Giorgos bei der Arbeit im Hafen zu besuchen.

Giorgos macht sich Gedanken über den kommenden Herbst und Winter, da die Arbeiten im Hafen bald abgeschlossen sind.

Er hat mit Kostas vereinbart, ihn sofort zu informieren, sobald sich eine Möglichkeit für ihn im Hotel ergeben würde. Das Hotel wird im Frühjahr eröffnen und das wäre eine gute Möglichkeit für Giorgos. Im Winter mit Kostas Medikamente ausfahren und dann nahtlos ins Hotel einzusteigen.

Im Oktober ist der Hafen beinahe fertiggestellt und Giorgos fragt sich, ob es Eolina gut geht. Er bemüht sich stets die Tour zu bekommen, bei der das Athener Krankenhaus beliefert wird. Kostas wundert sich zwar darüber, spricht Giorgos aber deswegen nicht an.

An keinem Liefertag trifft Giorgos Eolina an und auch nicht bei Linas regelmäßigen Vorsorgeuntersuchungen.

Dieser Winter ist besonders mild, sodass Giorgos viele Touren mitfahren kann, da der Schnee die Fahrten nicht beeinflusst. Zusammen mit Kostas verbaut er neue Fenster im Haus und macht es so wärmer. Sogar neue Teppiche kann er sich leisten und zahlt inzwischen sogar die Medikamente für Lina komplett selbst, damit Kostas sein Geld nicht mehr dafür ausgeben muss.

Das Weihnachtsfest verbringen Giorgos, Lina und Dimitrios in diesem Jahr zusammen. Dimitrios hat sein Haus schön geschmückt und auch einen großen Tannenzweig an der Wand hängen, den er dekoriert hat. Den Weihnachtsgottesdienst möchte Giorgos nicht besuchen, doch ist er einverstanden, dass Dimitrios Lina mitnimmt. Während des Gottesdienstes wartet er an Helenas Grab. Die Erde ist hart und kalt auf dem Friedhof. Die Blumen, die er und Dimitrios gesetzt haben, sind verblüht und lassen den ganzen Friedhof grau und trostlos erscheinen. Es riecht nach Weihrauch aus der Kirche und auch die Nadelbäume kann man riechen. Als es dämmert, sind nur noch hunderte von Kerzen zu sehen, und erst jetzt wird deutlich, wieviele Menschen hier schon beerdigt wurden. Die Luft ist kalt und Giorgos kann seinen Atem sehen. Er krempelt den Kragen seines Mantels hoch, um seinen Nacken zu wärmen. Er geht noch einen Moment an Mikis' und Sotis' Grab und stellt sich dann für eine Weile in die Kirchentür und lauscht den Gesängen, die für kurze Momente von Babygeschrei übertönt werden. Dimitrios hat sich mit Lina nahe an den Ausgang gesetzt, um sie nicht dem Weihrauch auszusetzen.

Gemeinsam gehen die drei nach dem Gottesdienst zu Dimitrios und verbringen einen schönen Abend. Die beiden Männer erzählen fast die ganze Nacht und Dimitrios zeigt Giorgos Babyfotos von Helena, die Lina als Baby zum Verwechseln ähnlich sah. Sie lachen und sie weinen. Abwechselnd halten sie Lina im Arm und wiegen sie in den Schlaf.

Und die Silvesternacht zum Jahr 1964 verbringen die Männer bei Giorgos, der sein Haus gemütlich, warm und festlich hergerichtet hat. An Silvester gibt es die Bescherung, die beide Männer komplett auf Lina ausgerichtet haben. Kuscheltiere, Windeln, neue Babyfläschchen und eine neue Kuscheldecke haben die beiden für Lina besorgt und als Geschenke verpackt, die sie nun gegenseitig auspacken.

Dimitrios überreicht dann dem überraschten Giorgos ein kleines Päckchen.

»Für mich? Dimitrios, du weißt doch, dass ich…«

»Nimm schon«, unterbricht ihn Dimitrios.

Es ist eine kleine Schachtel mit Fotos von Helena. Darunter auch Babyfotos und eine kleine Haarschleife, die sie als Kind getragen hatte, und auch Giorgos hat diese Schleife in Helenas Haar gesehen.

Giorgos fließen die Tränen über die Wangen.

»Ich danke dir, Dimitrios. Das bedeutet mir sehr viel. Unendlich viel.«

»Mir auch, Giorgos. Deswegen bekommst du diese Dinge. Ich weiß, dass du sie behüten wirst.« Dimitrios wischt sich die Tränen aus den Augenwinkeln, wendet sich Lina zu und spricht mit ihr.

»Komm, ich zeige dir, was ich gebaut habe.«

Giorgos geht ins Schlafzimmer und fordert Dimitrios auf, ihm zu folgen.

»Du hast einen Käfig gebaut? Willst du Hasen züchten?« Dimitrios veralbert Giorgos.

Giorgos hat ein Laufgitter aus Holz gebaut.

»Sehr witzig. Setz mal Lina rein. Komm.«

Dimitrios setzt Lina hinein und unaufgefordert versucht sie sich an dem Gitter hochzuziehen.

»Das ist ja unglaublich. Ja, du kannst ja schon fast stehen«, spricht Dimitrios zu Lina.

»Ja. Das ist fantastisch, oder? Sie will sich daran hochziehen. So lernen Kinder zu stehen. Das steht in diesem Buch.« Giorgos hält Dimitrios ein Buch über Babys und Kleinkinder hin.

»Das hast du echt gut gebaut. So kannst du auch mal was machen, ohne sie ständig im Arm halten zu müssen.« Dimitrios hilft Lina, sich aufzustellen, allerdings geben die Knie schnell nach und sie kippt auf den mit Decken ausgelegten Boden.

Kurz nach Mitternacht stürmt Kostas mit einer Flasche Wein das Haus von Giorgos und möchte mit den beiden auf das neue Jahr anstoßen.

»Prost Neujahr, Männer. Lasst uns das neue Jahr begrüßen und uns von dem alten verabschieden.«

Kostas schenkt den beiden die Weingläser voll und die Männer stoßen gemeinsam an.

»Auf 1964, auf das Leben, auf Lina und auf alle, die nicht bei uns sein können.« Giorgos prostet den beiden zu.

Die nächsten Wochen bleibt der Winter mild und Giorgos kann viele Fahrten mit Kostas mitfahren und auch einiges an Geld ansparen. Vorsorglich kauft er Linas Medikamente auf Vorrat. Kostas hat Giorgos ein Bewerbungsformular für das neue Hotel in Thorikou mitgebracht. Nur mit Mühe konnte er Giorgos überreden, das Formular auszufüllen.

»Mit ein bisschen Glück lädt man uns ein und dann kannst du mal sehen, wie die Reichen mit Trinkgeld um sich werfen. Ich sage es dir, Giorgos.«

»Wenn du Recht hast, Kostas, dann könnten wir im Sommer sparen und im Winter müssten wir nicht mehr fahren. Ich wäre gerne mehr bei Lina.«

»Das wird schon klappen. Wirst schon sehen.«

Kostas hat bereits Bekanntschaften, die am Bau und bei der Planung des Hotels beteiligt sind.

»Nächsten Monat werden die Zimmermädchen und Köche eingewiesen. Ich habe Kellner oder Barkeeper angekreuzt. Und du?«, fragt Kostas.

»Mir ist das gleich. Ich habe alle Bereiche angekreuzt. Hauptsache Arbeit. Und wenn man sowieso eingelernt wird, dann kann ich mir ja alles aneignen.«

»So so. Bin mal gespannt, wie du als Zimmermädchen rüberkommst. Die reichen Männer werden dir dann ihr Trinkgeld in den Ausschnitt stecken.« Kostas lacht.

»Lach du nur. Wenn als Barkeeper oder Kellner nichts mehr frei ist, bekommst du gar keine Stelle. Und dann?«

Die Wochen vergehen und Giorgos hat nichts Neues von Eolina erfahren und auch nichts Neues von dem Hotel, bei dem er und Kostas sich beworben haben. Er verbringt die Nachmittage und Abende damit, Lina die ersten Worte zu entlocken und versucht verzweifelt ein kleines „Papa" aus den Babylauten von Lina herauszuhören.

»Sag P-A-P-A. Sag es, Lina Schätzchen.« Lina gibt keinen nur im Ansatz ähnlich klingenden Ton von sich. Dimitrios ist auch noch lange nach Einbruch der Nacht bei den beiden und versucht die Einsamkeit, die ihn nachts überkommt, zu verstecken.

Am 22. Februar, auf der Fahrt zur Klinik nach Athen, holt Kostas ein Schreiben heraus und legt es Giorgos auf den Schoß.

»Schau rein. Lies schon«, fordert er Giorgos auf.

»Was ist das? – Hey, Mann das ist ja echt erfreulich. Die nehmen dich?« Giorgos ist erfreut und zugleich enttäuscht darüber, dass er keine Antwort erhalten hat.

»Eingeladen bin ich. Ob die mich nehmen, weiß ich noch nicht, aber ich werde mich voll reinhängen. Als Barkeeper haben die mich vorgesehen. Echt stark, oder? – Hast du noch nichts bekommen?«, fragt er Giorgos.

»Nein. Ich schau jeden Tag nach. Aber es kam bisher noch nichts.« Giorgos faltet Kostas' Schreiben zusammen und gibt es ihm zurück.

»Ja, das kommt daher, dass du dich für alles beworben hast und die nicht genau wissen, wo sie dich hinstecken sollen.« Kostas versucht Giorgos' Hoffnung aufrecht zu erhalten.

»Ja. Bestimmt. Ich warte ab.«

Und nach einer weiteren Woche, am 1. März, erhält Giorgos tatsächlich die Einladung zu einem Bewerbungsgespräch als Kellner für das Hotel in Thorikou.

Auf einer weiteren Fahrt, holt Giorgos das Schreiben aus der Tasche und wirft es Kostas auf den Schoß, der versucht den LKW weiter in der Spur zu halten.

»Was ist …? Echt? Sag bloß? – Mann das ist echt super. Und? Wirst du jetzt Zimmermädchen oder was?« Kostas lacht.

»Sehr witzig. Kellner. Die würden gerne rausfinden ob ich als Kellner tauglich bin.« Giorgos freut sich. »Wenn das klappt, dann ist die Fahrerei Geschichte. Ich fahre gern mit dir, Kostas, aber ich will mehr Zeit mit Lina verbringen.«

»Ist schon klar, Mann. Ich werde auch nicht mehr fahren. Das wird super. Wir beide in einem Hotel.«

Am 17. März überzeugen beide die Personalentscheider im Hotel Lagonissi. Die letzten zehn Tage im März sind für Einarbeitung vorgesehen. Kostas steht ganz stolz hinter der Bar und lässt sich alles ganz genau erklären. Giorgos wird zusammen mit zwölf weiteren Einheimischen als Kellner in dem dazugehörigen Restaurant eingewiesen. Das Gehalt ist überzeugend und die Saison wird von April bis Oktober gehen. Giorgos' Plan könnte aufgehen, dass er über den Sommer spart, um im Winter nicht arbeiten zu müssen.

Am Tag vor der Eröffnung, am eigentlich wichtigsten Tag in der Einarbeitung, stiehlt sich Giorgos bereits nach einer Stunde davon.

»Kostas, du musst mich decken. Lina hat heute Geburtstag und ich werde bestimmt nicht hier meine Zeit absitzen. Ich kann alles und weiß, wie ich mich verhalten muss.«

»Ich werde das schon hinkriegen. Gib der Kleinen einen Kuss von mir«, antwortet Kostas und überlegt sich zugleich eine Ausrede, falls Giorgos' Abwesenheit entdeckt werden würde.

Giorgos überrascht Dimitrios bereits am Mittag und möchte mit ihm und Lina ein Picknick machen.

»Du riskierst deine Arbeit noch bevor du überhaupt begonnen hast, Giorgos.«

»Komm schon, Dimitrios. Meine Kleine hat ihren ersten Geburtstag. Den verbringe ich bestimmt nicht im Hotel.«

»Wie du meinst, Giorgos.«

»Ich habe ein paar Sachen eingepackt. Nimm noch eine Decke mit und dann lass uns unseren Sonnenschein feiern.«

Voll bepackt machen sich die drei auf den Weg aus Laurion hinaus auf die Felder. Giorgos kennt eine schöne Stelle unter den Bäumen, wo Lina einen Platz im Schatten hat.

Die Mittagssonne ist heute sehr heiß, und die beiden Männer sind permanent damit beschäftigt, Linas Wohlbefinden zu prüfen. Ausreichend Schatten, frische Luft und immer wieder das Fläschchen.

Giorgos hat sein altes Radioaufgebaut, neue Batterien eingelegt, und so lauschen sie der seicht klingenden griechischen Musik, essen, trinken und unterhalten sich über Giorgos' Arbeit und die Touristen, die bereits im Hafen angelegt haben.

Giorgos hat Lina eine Stoffpuppe von einer seiner Fahrten nach Athen besorgt und diese als Geschenk verpackt. Ebenso hat Dimitrios eine ähnliche Puppe, die allerdings sehr mitgenommen aussieht.

»Was hast du denn da eingepackt, Dimitrios?«, fragt Giorgos.

»Das ist die Lieblingspuppe deiner Mama gewesen.« Dimitrios spricht zu Lina und hält ihr die Puppe hin.

»Die ist wirklich schön. Und es ist schön, dass du sie aufgehoben hast, Dimitrios. Das kann auch Linas Lieblingspuppe werden. Dann lassen wir meine Puppe erst mal eingepackt, bis Helenas Puppe auseinanderfällt. So, wie sie aussieht, kann das auch nicht mehr allzu lange dauern.« Giorgos lacht. Prompt hat Kleo sich die Puppe geschnappt und zerrt daran.

»Hey. Her damit. Du kriegst hier ein Stück Wurst. Komm. Nimm schon.« Giorgos entreißt Kleo die Puppe und besänftigt die mittlerweile in die Jahre gekommene Hündin mit Wurst.

»Wollen wir heute auch noch zu Helena gehen?« Dimitrios' Blick wird glasig und die Stimmung schlägt um.

»Sicher, Dimitrios. Es wird immer so sein, dass wir an Linas Geburtstag an Helena denken werden. Diese Verknüpfung wird immer bestehen. Ich hoffe nur, dass es irgendwann nicht mehr so weh tut.«

Giorgos legt seine Hand auf Dimitrios' Schulter und dann wenden sich beide Männer Lina zu.

Es ist ein herrlicher Nachmittag. Dimitrios erzählt Lina und Giorgos Geschichten aus Helenas Kindheit.

Dinge, die sie als Kind angestellt hatte, Streiche, die sie den Erwachsenen gespielt hatte. Ihre Wünsche und Träume, die sie hatte.

Und immer wieder zwischendurch versuchen sie Lina an den Händen zu halten, um ihr ein paar kleine Schritte zu ermöglichen oder ihr ein kleines Wörtchen zu entlocken. Doch lediglich ein „da da" oder „ga ga" kreischt die Kleine ab und an. Aber mit dem Gehen wird es immer besser. Die Beinchen geben nicht mehr so leicht nach und ständig versucht sie sich an den sitzenden Männern hochzuziehen.

Als es langsam dämmert und Linas Windeln knapp werden, packen sie zusammen. Auf dem Rückweg gehen sie zum Friedhof, um Lina an ihrem Geburtstag ihrer Mutter näher zu bringen. Zumindest wünschen es sich beide Männer, dass Lina so ihrer Mutter näher sei. Trotz der Freude über Linas ersten Geburtstag überkommt die beiden eine Trauer, die für die Ewigkeit bestimmt zu sein scheint.

»Sieh mal, Helena. Unsere Kleine ist heute ein Jahr alt. Ist sie nicht zauberhaft? – So wie du. Sie ist genauso wie du.« Giorgos kniet sich an ihr Grab und hält Lina im Arm.

»Deine Mama wird immer bei uns sein. Ja. Deine Mama. Sag mal MAMA. Ma-Ma. Irgendwann wirst du es können.«

Giorgos übergibt Lina Dimitrios und beginnt, kleine vertrocknete Blätter und Blüten vom Grab abzuzupfen.

»Ich werde mal gießen, Dimitrios. Ich hole Wasser.«

Giorgos geht zum Brunnen auf dem Friedhof und schöpft eine Gießkanne voll. Dimitrios spricht weiter zu Lina und zu Helena.

»So. Damit nicht alles vertrocknet. Wir werden Mama viele schöne Blumen pflanzen. Willst du das, Lina? Hä?«

Giorgos stupst ihr kleines Näschen.

Am Samstag, den 4. April 1964, feiert das Hotel Lagonissi die große Eröffnung. Sogar die Zeitungsreporter aus Athen sind da. Die Anlegestellen im Hafen sind seit Tagen mit den schönsten und größten Yachten belegt. In Laurion und Thorikou tummeln sich lauter fremde gutgekleidete Menschen. Im Hafen spielt seit Tagen am Nachmittag Musik und auch Schausteller und Verkäufer haben Stände aufgebaut. Die Edelsteine, die mittlerweile in der Mine abgebaut werden, kommen bei den Touristen sehr gut an.

Das Hotel ist schon vor der Fertigstellung ausgebucht gewesen. Giorgos und die anderen sind ganz nervös. Dementsprechend angespannt sind alle, als die ersten Gäste eintreffen. Die gesamte Belegschaft des Hotels versammelt sich vor dem Gebäude für ein Eröffnungsfoto für die Zeitung.

»Giorgos. Psst.«, flüstert Kostas, der hinter Giorgos steht.

»Sieh mal die ganzen Mädels, die da ankommen.«

Kostas zeigt mit dem Kinn in die Richtung der Parkplätze. Giorgos schüttelt den Kopf.

Und so beginnt der erste Arbeitstag im Hotel Lagonissi in Thorikou. Giorgos ist sehr aufmerksam und begrüßt die ersten hungrigen Gäste im Restaurant. Jeder Kellner hat fünf Tische, die er betreut. Giorgos ist sichtlich nervös, dennoch souverän. Er kennt die Speisekarte seit Tagen auswendig und achtet auf jeden Sonderwunsch der anspruchsvollen Gäste. Kostas ist bereits voll in seinem Element hinter der Bar und startet auch schon die ersten Flirtversuche, die Giorgos ganz und gar nicht überraschen.

Bereits nach wenigen Minuten erhalten die ersten Gäste ihr Essen und der Raum wird vom Duft gegrillten Fischs und verschiedener Kräuter erfüllt. Die überwiegend griechischen Gäste bestellen einen Ouzo oder Wein nach dem anderen. Und so wird aus der anfangs verkrampften Atmosphäre eine angenehm lockere Stimmung. Giorgos und auch Kostas freuen sich über freundliche Gäste und vor allem über das mehr als üppige Trinkgeld.

Giorgos blickt immer öfters zur Uhr, die inzwischen 23 Uhr anzeigt. Er möchte doch auch noch zu Lina. Er möchte mit ihr Zeit verbringen, ihr das Fläschchen geben. Ob es wohl immer so spät werden würde? Ob er wohl auch eine andere Schicht haben könnte?

Um Mitternacht, als die letzten Gäste das Restaurant verlassen, um auf ihre Zimmer zu gehen, hüpft Giorgos blitzschnell aus der Arbeitskleidung und sprintet hinaus.

»Hey, Mann. Mach mal langsam.« Kostas rennt hinterher.

»Ich muss zu Lina. Dimitrios ist seit heute Morgen alleine mit ihr.«

»Es wird alles in Ordnung sein. Dimitrios ist ein toller Opa.«

»Ich will doch nur ein bisschen Zeit mit ihr verbringen.« Giorgos behält sein Tempo bei, bis Kostas ihn einholt und leicht an der Schulter stoppt.

»Mann, Giorgos. Du hast morgen früh auch noch Zeit. Komm, lass uns mal das Trinkgeld zählen.« Kostas holt einen richtig dicken Batzen Scheine aus der Tasche. Ebenso Giorgos.

»Das ist der Hammer. Das ist ja fast so viel wie unser Wochenlohn.« Kostas freut sich darüber dass Giorgos ähnlich viel Trinkgeld erhalten hat.

»Das stimmt. Das ist echt viel Geld. So muss ich im Winter nicht arbeiten. Kann den ganzen Winter mit Lina sein. Das ist toll.« Giorgos zieht Kostas am Hemd, um schneller zu gehen.

Als Giorgos bei Dimitrios ankommt, ist dieser noch wach. Lina schläft im Kinderwagen.

»Und? Wie war denn dein erster Tag?«

»Sieh mal, Dimitrios. Das ist nur Trinkgeld. Mach dir keine Sorgen mehr um Medikamente für Lina.«

Giorgos zeigt Dimitrios das Trinkgeld.

»Das ist wirklich viel. Das freut mich, Giorgos. Es ist schon spät. Du solltest Lina heute hier lassen. Du weckst sie nur unnötig auf, wenn du jetzt mit ihr die Straße hinauf rollst.«

»Nein. Auf keinen Fall. Ich habe meine Tochter nur heute Morgen ganz kurz gesehen. Das kommt nicht in Frage.« Giorgos packt Linas Fläschchen in den Wagen.

»Ich meine ja nur, dass sie sonst wach wird.«

»Das stört mich nicht, wenn Lina wach ist. Im Gegenteil. Ich freue mich über jeden Moment, an dem ich ihr in die Augen sehe.«

Giorgos rollt den Wagen zur Türe und will hinaus.

»Wie du willst, Giorgos. Sie war heute ganz brav und hat kaum geschrien.«

»Entschuldige, Dimitrios. Es tut mir leid. Danke, dass du dich so um sie kümmerst. – Wir sehen uns morgen. Gute Nacht.«

»Gute Nacht. Ich komme morgen früh zu euch.«

Dimitrios öffnet den beiden die Türe und Giorgos rollt den Wagen langsam nach draußen in die Dunkelheit.

Lina schläft den ganzen Weg über, und selbst, als Giorgos sie ins Bettchen legt, wird sie nicht wach.

Giorgos liegt noch eine Weile wach im Bett, denkt an Helena. Ob sie wohl stolz auf ihn wäre? Endlich eine vielversprechende Arbeit. Sie hätte nicht mehr arbeiten müssen. Nie wieder. Sie hätte ihre Zeit voll und ganz Lina widmen können. Giorgos wird traurig und schläft unter Tränen ein.

Die nächsten Tage gehen genauso weiter wie der Eröffnungstag. Viele großzügige Gäste kommen und gehen. Immer mehr Händler bauen ihre Stände im Hafen auf und entlocken den Touristen die ersten Drachmen, noch bevor diese den Hafen in Richtung Hotel verlassen können.

Als Giorgos an einem Abend im Juli Lina bei Dimitrios abholen will, überraschen Dimitrios und Lina ihn.

»Sieh mal, was ich kann«, spricht Dimitrios zu Giorgos mit verstellter Stimme. Dann lässt er Lina los, die fünf Schritte ohne Hilfe auf ihren Vater zugeht und dann auf den Boden plumpst.

»Oh mein Gott, Lina. Ich glaube das nicht. Komm doch mal. Zeig das nochmal.«

Giorgos kniet auf dem Boden in etwa zwei Metern Abstand zu Lina. Dimitrios hilft ihr auf die Beine und lässt sie anschließend wieder los. Lina macht wieder ein paar Schritte auf Giorgos zu und er fängt sie auf, bevor sie zu Boden kippt.

»Papa ist ganz stolz auf dich, meine Kleine. Du bist ja ein Naturtalent. – Dimitrios, das ist ja unglaublich. Wie gut sie das kann. Das habt ihr toll gemacht.«

Giorgos kann es kaum fassen und stellt Lina immer wieder auf, um ihr beim Gehen zu zusehen.

Zuhause hat Giorgos begonnen, alles wegzuräumen, das in Tischhöhe war. Lina hat es sich angewöhnt, sich an allem hochzuziehen und dabei alles runterzu-schmeißen. Kleo flüchtet mittlerweile, sobald Lina sich nur nähert. Die Umarmungen werden immer fester, je größer Lina wird. Giorgos nutzt jede freie Minute, um mit Lina das Gehen zu üben. Und als sie eines Nachmittages am Grab von Helena stehen und Giorgos zu Lina spricht, ist er der festen Überzeugung ein „Ma-Ma" aus ihrem Mund gehört zu haben.

»Hörst du, Helena. Sie hat *Mama* gesagt. Ganz eindeutig. Das war *Mama*. – Stimmt's, Lina? Du hast *Mama*gesagt?«

Lina wiederholt ihre Laute, die wie eine Mischung aus „gaga und lala" klingen. Und immer wieder gibt sie Laute von sich die die Fantasie der Erwachsenen um sie herum beflügeln. Und auch Kostas beschwört, sie hätte ihn Onkel genannt.

Giorgos hat seit Monaten gespart und fährt an seinem und Kostas freien Tag nach Athen um für Lina einen neuen Kinderwagen zu kaufen. In dem alten Babywagen hat sie keinen Platz mehr und kann nur liegen. Giorgos will einen nagelneuen Wagen kaufen. Einen, in dem die Kinder sitzen und der auch tauglich ist, bis sie mindestens zweieinhalb oder drei Jahre alt ist. Auf dem Weg nach Athen muss Giorgos an Eolina denken. Was wohl mit ihr geschehen ist? Ob es ihr gut geht?

Immer wieder schaut er sich auf den Straßen um, doch Athen ist viel, viel zu groß, um hier zufällig

Menschen zu entdecken, die man kennt. Schließlich kehren die beiden aus Athen mit einem wunderschönen neuen Kinderwagen zurück und der Ungewissheit, wie es Eolina geht.

Lina ist begeistert und will sich sofort hineinsetzen. Ganz stolz fahren Giorgos und Dimitrios mit Lina durch Laurion. Sie gehen mit ihr in den Hafen und Lina zeigt auf alles, was ihr gefällt oder was sie gerne haben möchte, und stößt dabei noch undefinierte Laute aus. Dimitrios und Giorgos sind sehr bemüht, mit ihr deutlich zu sprechen, und erhoffen sich so, ihr erste Worte zu entlocken.

»Sieh dir den mal an.«

Dimitrios zeigt auf einen Karikaturisten, der Touristen zeichnet.

»Sieht doch witzig aus. – Oder was meinst du?«, fragt Giorgos.

»Na ich meine, dass du das auch kannst. Er zeichnet die Leute als Karikatur, komisch. Du könntest sie realistisch skizzieren. – Das kannst du doch locker. Ein paar Drachmen bekommst du da bestimmt auch noch.«

»Also, die Trinkgelder sind nicht mehr so üppig wie früher, aber dass ich damit Geld verdienen könnte, kann ich mir nicht vorstellen.« Giorgos versucht die Idee abzutun.

Sie gehen noch eine Weile über die Anlegestellen und bewundern die Luxusyachten und die gutgekleideten Fremden, die Laurion ein wenig Internationalität einhauchen.

Als im August die ersten Pauschaltouristen im Hotel Lagonissi ankommen, merkt Giorgos schnell, dass die Trinkgelder zum Teil ganz ausbleiben. Und so denkt er doch noch einmal über Dimitrios' Idee nach, im Hafen Touristen zu zeichnen. Auch Kostas' Trinkgelder sind weniger geworden. Allerdings wohnt dieser immer noch bei seinen Eltern und sieht daher keine Notwendigkeit, sein Gehalt aufzubessern.

Für diesen Winter reicht Giorgos' Erspartes durchaus aus, um nicht zusätzlich arbeiten zu müssen. So investiert er jede Minute in die Zeit mit Lina. Lina füttert inzwischen mehr oder weniger selbstständig die Hühner, die hinter dem Haus ihr Gehege haben. Kleo ist immer noch nicht sehr angetan von Linas Kuschelbedürfnis. Beinahe auf jeden Annäherungsversuch von Lina reagiert sie mit Flucht oder sucht Giorgos' Nähe.

Linas „Ma-Ma" und „Pa-Pa" werden immer deutlicher und auch Ansätze von „Lina" oder „Opa" werden erkennbar. Sie schafft es auch, über mehrere Meter alleine zu gehen. Und an der Hand sogar noch viel weiter.

Zum Ende der Saison hin hat Giorgos so viel Geld sparen können, um ausreichend Material für ein neues Kinderbettchen zu kaufen. Er ist wahrlich nicht der geborene Handwerker. Jedoch nimmt er sich sehr viel Zeit, um ein beinahe perfektes Ergebnis zu erzielen.

So auch bei Linas neuem Bettchen. Es sieht aus wie ein kleines Boot. Verläuft nach vorne zu den Füßen hin spitz, und trägt an der Seite, wie bei einem echten Boot, den Namen.

»Siehst du, Schätzchen? Da steht *Eolina*.« Giorgos gibt Lina einen kleinen Pinsel mit Farbe in die Hand und gestaltet mit ihr die noch unbemalten Stellen am Bettchen.

Kurz vor dem Weihnachtsfest gelingt es Lina, selbstständig über mehrere Meter zu gehen, und auch die ersten deutlicheren Worte kommen ihr mühelos über die Lippen.

So wird sie zur Attraktion an diesem Weihnachtsfest. Giorgos, Lina und Dimitrios verbringen die Weihnachtsfeiertage gemeinsam bei Giorgos. Kostas und dessen Familie sind gern gesehene Gäste, die auch mal unangekündigt mit Speisen und Getränken in der Türe stehen. Lina begrüßt sie auch alle mit einem herzlich lauten „aaaoo", das alle auch als „Hallo" wahrnehmen.

Jedoch am erfreulichsten und gleichzeitig traurigsten empfindet Giorgos Linas „MaMa", das sie neuerdings immer dann sagt, wenn sie auf eine Zeichnung von Helena schaut oder wenn sie an ihrem Grab sind. Das ist Giorgos wichtig: Lina soll ihr Mutter kennen und Giorgos tut alles, um sie ihr nahezubringen. Immer mehr Zeichnungen fertigt er an. Zum einen, um Linas Entwicklung festzuhalten, und zum anderen auch, um sich auf den Sommer vorzubereiten, in dem er versuchen möchte mit seinen Zeichnungen die Touristen zu erfreuen und die ein oder andere Drachme einzunehmen.

Dimitrios kommt immer noch jeden Tag. Auch jetzt im Winter, obwohl Giorgos nicht arbeitet. Er vermisst Lina schon sehr, wenn sie nicht bei ihm ist. Giorgos freut sich allerdings auch auf Dimitrios, der mal ein Auge auf Lina hat, damit Giorgos mal wieder Windeln und Kleidung waschen kann. Mittlerweile hat er sich zu einem echten Hausmann entwickelt. Kochen, Putzen, Haare kämmen und ab und zu ein bisschen schneiden, spielen und singen. Lina singt am liebsten beim griechischen Neujahrslied mit. Selbst noch Wochen später, also im Februar, müssen Giorgos und Dimitrios das Lied für sie singen.

Am 12. März 1965 gehen die drei zu Helenas Grab, um an ihrem Geburtstag bei ihr zu sein.

»Heute wäre sie 26 Jahre alt geworden, meine kleine Tochter.«

Dimitrios scheint an dem Schmerz, den er einfach nicht überwinden kann, zu zerbrechen. Giorgos stützt ihn.

»Ach, Dimitrios. Ich kann sie fühlen. Ich fühle sie. An jedem Tag in meinem Leben.«

»Hallo, Mama«, sagt Lina während sie ihr einen kleinen selbstgepflückten Blumenstrauß auf das vom Regen aufgeweichte Grab legt.

Lina trägt in ihrem lockigen Haar die Schleife, die Dimitrios Giorgos gab. Die drei stehen vor dem Grab, das langsam wieder aufzublühen beginnt. Giorgos streicht der kleinen Lina über den Kopf und fühlt ganz bewusst nochmal die Schleife, die sie im Haar trägt.

Giorgos geht in den nächsten Tagen bereits frühmorgens an den Hafen, um die ersten Touristen zu zeichnen. Die Touristen, die in Ferienwohnungen in der Umgebung untergekommen sind und sich nur im Hafen umsehen wollen.

»Die werden nicht gerade großzügig sein, Giorgos«, flüstert Kostas Giorgos ins Ohr, als er sich von hinten an ihn heranschleicht, während Giorgos gerade ein älteres Ehepaar zeichnet.

»Verschwinde, Mann.« Giorgos scheucht Kostas mit einem Bein zur Seite und lacht dabei.

»Also Sie sehen beide wunderbar aus. Ich weiß nicht, ob der Künstler sie auch so zu Papier bringen kann, wie Sie in Wirklichkeit sind«, ruft Kostas dem Paar zu, das sich von Giorgos zeichnen lässt und ihm mit einem Lächeln für seinen Kommentar dankt.

An Linas zweitem Geburtstag, einem Samstag, muss Giorgos arbeiten, da das Lagonissi große Saisoneröffnung feiert. Nur ausgewählte Gäste und vor allem die großzügigsten. Mit Dimitrios hat er allerdings vereinbart, spätestens am Nachmittag daheim zu sein. Und so kreisen seine Gedanken während der ganzen Schicht um Lina und um Helena, die an diesem Tag ihr Leben gab, damit Lina leben konnte.

Es regnet in Strömen und die Gäste ziehen es vor, das Hotel nicht zu verlassen. So kommt es, dass immer mehr Essen und Getränke bestellt werden und Giorgos nicht rechtzeitig das Hotel verlassen kann. Es dämmert schon, als sich Giorgos völlig erschöpft auf den Nachhauseweg macht.

Die Hosentasche voller gefalteter Scheine und Kleingeld eilt er zu Lina und Dimitrios, die bei ihm daheim warten.

»Psst. Sie ist eingeschlafen«, empfängt Dimitrios ihn am Hauseingang.

»Ach, Dimitrios. Das tut mir sehr leid. Heute war die Hölle los im Hotel«, flüstert Giorgos der sich zu Lina ans Bettchen kniet und ihr über den Kopf streichelt.

»Sie wollte so lange warten, bis du kommst. Dann ist sie am Tisch eingeschlafen.«

»Es tut mir doch so leid, meine Kleine.«

Giorgos ärgert sich über sich selbst. Über die Arbeit im Hotel. Über das Geld, das ihm zugesteckt wurde.

Giorgos ist noch völlig nass vom Regen, der immer noch aufs Dach prasselt.

»Entschuldige Dimitrios. Ich gehe noch mal schnell raus. Bleibst du bei Lina?«

Giorgos zieht eine Jacke über sein nasses Hemd.

»Jetzt trockne dich doch erst mal ab. Es regnet in Strömen und dunkel ist es auch noch.«

Dimitrios wirft Giorgos ein kleines Handtuch zu.

»Ich komme gleich wieder.«

Giorgos geht hinaus und Dimitrios schaut ihm hinterher.

Giorgos geht den Weg zum Friedhof hinauf. Das Regenwasser fließt wie ein kleines Bächlein quer über den Weg und an den Seiten entlang. Der ganze Weg ist matschig und rutschig geworden. Giorgos ist inzwischen ganz nass und voller Matsch an den Schuhen.

An Helenas Grab angekommen, versucht er die Blümchen, die erst zu blühen begonnen hatten, von kleinen Wasserpfützen zu befreien. Der Regen drückt die Pflanzen nieder und es ist nur noch Matsch zu sehen.

»Ich war nicht da, als unsere Kleine Geburtstag hatte. Wie konnte ich das nur tun? Du hättest das nie zugelassen. Wärst du da, würdest du unsere kleine Familie zusammenhalten. Nichts wäre wichtiger als wir zusammen. – Es tut mir leid, Helena. Ich schaffe das nicht. Das alles. Ich kann es nicht. Ich weiß auch nicht, wie ich bis hierher gekommen bin. Ich stehe wie unter Schock. Ich funktioniere und reagiere. Aber ich lebe nicht mehr. Hilf mir bitte. Kannst du mir die Kraft geben, die ich brauche? Bitte. Du hast mir immer Kraft gegeben.«

Giorgos, der inzwischen im tiefen Matsch kniet, greift mit beiden Händen tief in die Graberde und wünscht sich etwas zu fühlen. Etwas, das ihn wieder wach werden lässt.

Als er kurze Zeit später im Hauseingang steht, springt Dimitrios ganz erschrocken auf.

»Giorgos, um Gottes Willen. Also sag mal. Was ist denn nur los? Reiß dich zusammen, bitte. Für Lina.«

Giorgos geht stumm an sein Regal und nimmt frische Kleidung heraus.

»Du kannst gehen, Dimitrios. Danke für alles.«

»Bist du sicher? Ich mach mir Sorgen«, erwidert Dimitrios.

»Keine Sorgen, Dimitrios. Mach dir keine Sorgen.«

Nachdem Dimitrios das Haus verlässt, packt Giorgos seine nassen und schmutzigen Sachen in eine Blechwanne hinter dem Haus und gießt einen Eimer voll Wasser aus dem Brunnen darüber. Er sitzt in dieser Nacht noch lange am Tisch und trinkt ein Glas Wein nach dem anderen. Auf dem Stuhl neben sich das große Paket, das er für Lina liebevoll eingepackt hatte.

Am Morgen liegt Giorgos noch lange im Bett und Lina beugt sich über ihn und öffnet ihm mit ihren kleinen Fingern ein Auge.

»Komm, Papa.«

»Ähm. Hallo, meine Kleine. Guten Morgen.«

Giorgos ist verkatert und immer noch sichtlich erschöpft.

»Sieh mal auf dem Stuhl nach, was ich für dich habe.«

Giorgos zeigt auf den Stuhl in der Küche und Lina ist schon unterwegs. Unbeholfen versucht sie das Geschenkpapier aufzureißen.

»Aufmachen«, ruft sie ihm zu während sie auf ihn zukommt. Sie kann das Paket nicht richtig tragen und lässt es mehrmals zu Boden fallen, sodass sie es das letzte Stück am Boden entlang schiebt. Giorgos reißt die Ecken an, so dass sie den Rest selbst leicht öffnen kann.

»Ist das?«, fragt sie ihn, während sie das Päckchen hin und her dreht und nicht erkennt, was es ist.

»Das ist Kreide. Komm, ich zeig dir, was du damit machen kannst.« Giorgos steigt aus dem Bett und geht mit Lina vor die Haustüre. Vor dem Haus beginnt er mit Kreide ein Haus und eine Sonne zu malen. Sofort greift sich Lina auch eine Kreide und beginnt zu malen.

»Und wenn hier kein Platz mehr zum Malen ist, dann malen wir die Gehsteige in ganz Laurion an.« Giorgos sieht ihr zu und freut sich, dass sie Freude an der Kreide hat.

Dimitrios begrüßt die beiden am Zaun.

»Hallo, ihr beiden. Na? Was hast du denn da?«, fragt er Lina.

»Eide«, antwortet sie und malt weiter auf den Betonplatten vor dem Haus.

»Kreide? Ja. Das ist doch toll. – Giorgos, du bist spät dran. Du musst bald los. Du siehst nicht gut aus

229

heute. – Ich bleibe hier mit Lina. Geh schon. Mach dich fertig.«

Giorgos geht ins Haus und blickt auf die Uhr. Nur wenig später sprintet er zur Türe hinaus, gibt Lina einen Kuss und verabschiedet sich von den beiden.

Heute ist im Hotel weniger los als am Vortag und Giorgos ist bereits am Nachmittag wieder auf dem Weg nach Hause.

Doch schon Meter entfernt vor dem Haus bleibt er stehen. Nicht nur die Gehsteige und der Zaun, sondern Giorgos' ganzes Haus vom Boden bis ungefähr einen Meter hoch sind komplett mit Kreide angemalt.

»Oh mein Gott.« Giorgos traut seinen Augen nicht. Er geht schneller.

»Lina? Dimitrios?«, ruft er im Hof und geht ums Haus herum. Das ganze Haus ist von allen Seiten angemalt. So hoch, wie Linas Hände reichen – so hoch hat sie gemalt.

»Papa!«, hört Giorgos aus dem Haus.

»Lina, Schätzchen. Was machst du denn?« Giorgos muss lachen. Dimitrios ist am Tisch eingeschlafen. Lina sitzt neben ihm am Tisch und malt mit rosa Kreide auf seinem Rücken herum.

»Dimitrios. Hallo!« Giorgos rüttelt ihn leicht an der Schulter.

»Ähm. Ich bin nur kurz eingenickt.«

Dimitrios blickt ganz erschrocken hoch zu Giorgos und dann zur Seite zu Lina. Er blickt auf den Boden der Küche, der ebenfalls angemalt ist. Lina hält nur noch einen kleinen Stumpf rosa Kreide zwischen ihren kleinen Fingern.

»Also, Lina. Was hast du denn Schönes gemalt?«

Dimitrios lächelt sie an und blickt dann zu Giorgos.

»Du solltest mal rausgehen«, fordert ihn Giorgos auf.

»Grundgütiger. Lina! Also das ist ja… – Das ist fantastisch. Giorgos, kommt raus.« Dimitrios dreht sich im Kreis und schaut um sich. – »Sieh doch nur. Die Bäume, Die Sonnen, Häuser, sogar Kleo. Siehst du, das soll ein Hund sein. Und Hühner, Katzen. Sie hat alles gemalt, was es hier so gibt.«

Dimitrios ist fasziniert und angetan von der bunten Vielfalt. Tatsächlich lassen sich die einen oder anderen Dinge erkennen.

»Du hast Recht, Dimitrios. Es sieht toll aus.«

Beide Männer beginnen zu lachen. Lina lacht mit.

»Der nächste Regen kommt bestimmt, und dann ist auch alles abgewaschen. Da würde ich mir keine Sorgen machen. Du hättest ihr ja auch nur eine oder zwei Kreidestücke schenken können. Aber das waren mindestens 20 Stück. Und die sind nun alle verbraucht. – Ich habe auch nicht lange geschlafen, Giorgos. Sie malt einfach sehr schnell«, fügt Dimitrios hinzu und lacht dabei.

Tatsächlich regnet es nun seit fünf Tagen nicht und die Kinder aus der Nachbarschaft kommen jeden Tag, um das bemalte Haus zu bestaunen.

Giorgos hat einen guten Platz im Hafen gefunden, an dem die reichen Touristen nicht einfach so vorbeigehen können, wenn sie eine Yacht haben. So kommt es, dass er an seinen freien Tagen vom Hotel mit Zeichnungen von Touristen ein paar Drachmen zusätzlich einnehmen kann. Ab und zu kommen Dimitrios und Lina vorbei. Dimitrios zeigt Lina die Yachten und Boote und Giorgos kann sie so auch zwischendurch mal sehen.

Es ist der 9. April 1965, als zwei Jungs sich hinter Giorgos stellen und ihm beim Zeichnen eines jungen Pärchens zusehen.

»Na. Wollt ihr auch gezeichnet werden?«

Es sind Zwillinge, die aus Giorgos' Sicht überhaupt nicht zu unterscheiden sind. Sie schweigen verschämt und kommen kurze Zeit später mit ihrem Vater zurück. Ein eleganter gutaussehender Mann.

»Also, wenn ihr das gerne wollt, dann machen wir das«, sagt er zu den Jungs und sieht zu Giorgos herüber.

»Würden Sie uns zeichnen? Also, uns drei und meine Frau? Wir sind dann zu viert. Geht das auch?«

»Selbstverständlich. Sehr gerne sogar.« Giorgos nimmt ein neues Blatt und stellt sich in Warteposition. Betrachtet dabei die Gesichter der Zwillinge, um die Details für seine Zeichnung schon mal zu fixieren.

»Komm, Schatz«, ruft der Mann einer eleganten Frau zu, die gerade bei Dimitrios und Lina steht. Anscheinend kennen sie sich sogar.

»Das war Dr. Martakis mit seiner Enkelin. Seine Tochter Helena starb bei der Geburt der Kleinen. Ich kannte sie. Das ist ein wahrer Albtraum. Schrecklich ist das. Rate mal, wie die Kleine heißt. – EOLINA. Süß, oder?«, erzählt die Frau während sie mit ihrem Mann näherkommt.

Als die Frau sich auf die Bank setzt, blickt Giorgos in Augen, die er seit Jahren nicht mehr gesehen hat. Eolina Papandreou. Die Frau, die vor Jahren alles für ihn bedeutet hatte. *Wie kann das sein?* Sie sieht wunderschön aus. Wallendes, langes, dunkles Haar unter einem Sonnenhut. Sie ist nur ein wenig älter geworden. *Ihr Ehemann? Ihre Kinder?* Giorgos ist wie gelähmt. Er kann nicht atmen, er kann nicht schlucken. Er kann nicht denken. Sie hat sich mit Dimitrios unterhalten. *Weiß sie, dass Lina seine Tochter ist?*

Tausend Fragen gehen ihm durch den Kopf.

Als Eolina ihn erblickt, geht es ihr ebenso und plötzlich wird sie kreidebleich.

»Alles in Ordnung, Schatz? Geht es dir gut?«, fragt ihr Mann sie besorgt, während die Zwillinge daraufhin auch zu ihrer Mutter blicken.

»Ähm. Ja. Ja. A-a-also, was soll denn sein? A-a-lles in Ordnung«, stottert Eolina.

»Also gut. Fangen Sie an, Maestro«, scherzt Eolinas Mann.

Giorgos holt tief Luft und beginnt die vier zu skizzieren. Er ist erleichtert zu sehen, dass Eolina gesund zu sein scheint. Allerdings weiß er grade nicht, wie er sich in dieser Situation verhalten soll. Hätte er zeigen sollen, dass sie sich kennen? Sie hat es aber auch nicht gezeigt. Giorgos konzentriert sich auf die Zeichnung, die er anfertigen soll, und zeichnet die beiden Jungs und deren Vater zuerst. Er versucht so lange wie möglich zu verhindern, Eolina ins Gesicht blicken zu müssen. Doch dann muss er. Als Giorgos ihr in die Augen sieht, kullern ihr Tränen über die Wangen und ihre Mundwinkel gehen nach unten. Giorgos muss sie gar nicht oft ansehen. Er hat ihr Bild noch vor Augen und kann sie eigentlich auch blind zeichnen. Es vergehen für Giorgos und wohl auch für Eolina unendlich lange Minuten. Als Giorgos das Blatt umdreht und sich die Jungs mit dem Vater dem Bild nähern, staunen sie nicht schlecht.

»Das haben sie ja prima hinbekommen. Sieh mal, Schatz. Also, dich hat er besonders gut getroffen.« Der Mann hält Eolina das Bild hin.

Er drückt großzügig den beiden Jungs Geld in die Hand, das sie Giorgos überreichen, worauf sie sich höflich bedanken.

Giorgos malt an diesem Tag nicht mehr. Er räumt seine Sachen zusammen, obwohl der Hafen nur so vor Touristen wimmelt. Er schaut nach Dimitrios und Lina, die kurz darauf hinter ihm stehen.

»Du machst schon Schluss?«, fragt Dimitrios.

»Ähm. Ja. Also mir geht's nicht so gut heute.«

»Ich habe Eolina Papandreou getroffen. Sie ist hier. Sie hat nun Mann und Kinder. Wusstest du das?«

Dimitrios weiß, dass Giorgos und Eolina früher ein Paar waren.

»Ich. Also. Nein. Nein, wusste ich nicht. Schön. – Also ich bin dann mal weg, Dimitrios.– Bis später, Süße.« Er gibt Lina einen Kuss auf die Stirn und geht los.

»Ja. Gut. Wir bleiben noch eine Weile hier. Ich habe Lina Zuckerwatte versprochen«, ruft Dimitrios ihm hinterher.

Giorgos nimmt seine Sachen unter den Arm und geht mit schnellen Schritten nach Hause.

Giorgos fragt sich, warum er so reagiert. Es ist doch eigentlich erfreulich für ihn zu wissen, dass es Eolina gut geht. Das wollte er doch immer wissen.

Giorgos legt daheim die Zeichensachen hin und geht direkt weiter zum Friedhof hinaus. Helenas Grab blüht inzwischen und die Blumen, die im Regen zu ertrinken drohten, blühen nun wieder in voller Pracht. Giorgos kniet an Helenas Grab und berührt die inzwischen wieder angetrocknete Erde.

Nachdenklich und voller Schuldgefühle Helena gegenüber starrt er ins Nichts.

»Giorgos? – Hallo.« Eolina steht hinter ihm. – »Ich. Also, ich kam an deinem Haus vorbei und sah, wie schön und bunt es aussieht. Ich fasse es nicht. Ich kann es nicht glauben, dass Helena deine Frau war. Dass Eolina eure bezaubernde Tochter ist. Es tut mir so leid. So sehr.«

Eolina fängt an zu weinen und Giorgos steht auf. Er weiß nicht, ob er sie in den Arm nehmen soll oder nicht. Er umarmt sie leicht.

»Das ist schon gut, Eolina.« flüstert er ihr zu, während sie sich von seiner Umarmung löst.

»Das ist so schrecklich, dass ich es nicht glauben kann. Als Dr. Martakis mir das von Helena erzählte, fand ich es sehr schlimm. Und dein kleiner Engel. – So süß und niedlich. Und das Ganze passiert dir. Es ist einfach nur schrecklich.«

Eolina kann nicht aufhören zu weinen.

»Sie war alles für mich. Mehr als alles andere. Die Luft riecht nicht mehr so wie vorher, seit sie weg ist. Die Sonne scheint nicht mehr so hell. Aber die Nacht ist umso dunkler.« Giorgos dreht sich weg. – »Komm. Lass uns gehen«, fordert er Eolina auf.

»Ich muss… Also mein Mann und die Jungs. Ich bin noch ein paar Tage in Thorikou.« Eolina geht voraus und schließlich verschwindet sie zwischen den Häusern.

Giorgos setzt sich zuhause hinter das Haus und macht das Radio an. Blickt in den Himmel, der tatsächlich nicht mehr so blau scheint, wie er es früher tat. Als Dimitrios mit Lina zurückkehrt, ist Giorgos auf dem Bänkchen, auf dem er saß, eingeschlafen.

»Papa. Papa. – Watte.« Lina hält ihm einen Fetzen Zuckerwatte an den Mund.

»Hey, mein Sonnenschein.« Giorgos drückt sie ganz fest an sich. Und sieht dabei Dimitrios an, der gerne etwas sagen möchte.

»Ich habe mir gedacht, dass Eolinas Anwesenheit hier dich nicht kalt lassen wird.«

»Dimitrios. Ich habe noch nie jemanden so geliebt wie Helena. Und auch nicht so sehr, wie ich sie immer noch in diesem Moment liebe. Niemals.«

Giorgos versucht Dimitrios nicht zu beunruhigen.

»Ich weiß das, Giorgos. Wirklich. Dennoch waren vor Jahren einfach mal Gefühle da. Ich bin sicher, dass dir Eolina nicht egal ist. Das soll sie ja auch nicht sein. Das wäre sehr eiskalt.«

»Ich hatte sie in Athen auf der Krebsstation gesehen. Ich war besorgt. Mehr nicht.«

»Krebs? Bist du sicher?«

»Ja. Aber sie scheint doch gesund zu sein.«

»Ja, das wollen wir hoffen. – Giorgos. Ich geh dann mal.« Dimitrios drückt Lina nochmal zum Abschied.

Giorgos hält Lina im Arm und drückt sie fest an sich, während sie ihre Zuckerwatte genüsslich verschlingt.

Als Giorgos am nächsten Tag im Hotel auf Eolina und ihre Familie trifft, erkennt Eolinas Mann ihn wieder.

»Na so was. Sie haben uns gestern gezeichnet. Und jetzt auch noch Kellner?«

»Guten Tag«, begrüßt Giorgos die vier an einem seiner Tische. – »Haben Sie schon gewählt?«

»Alexandros? Darf ich dir Giorgos vorstellen?« Eolina ergreift die Initiative und stellt Giorgos ihrem Mann vor. »Giorgos und ich, wir kannten uns vor Jahren. – Giorgos, das ist mein Mann Alexandros. Und unsere Jungs, Aris und Ilías. Sie sind fast fünf.«

»Sehr erfreut.«

Giorgos nickt den dreien zu. Und holt den Notizblock für die Bestellungen aus der Tasche.

Das wird wohl seine schwerste Schicht werden. Immer wieder fragt er sich, warum alles so läuft, wie es läuft.

Eolinas Mann scheint sehr nett zu sein, und auch die Kinder sehr wohlerzogen. Während des Essens schaut Eolina immer wieder zu Giorgos. Ihr Mann blickt hingegen immer wieder nachdenklich zu ihr.

Giorgos nimmt am nächsten Morgen ganz früh Lina und Kleo mit hinaus auf die Felder. Die Blumen und das Meer. Man kann es riechen, wie der Sommer naht. Lina hat ihre Lieblingspuppe und ein Sitzkissen mitgenommen. Giorgos möchte ihr heute etwas Besonderes zeigen.

»Wenn die Sonne aufgeht, dann scheint sie durch den Spalt dort vorne genau in unser Gesicht.«

Giorgos zeigt Lina den Felsspalt, den er schon lange nicht mehr betrachtet hat. Hier hatte er auch vor Jahren Eolina hergebracht.

Giorgos nimmt Lina auf den Schoß und hält ihren Kopf so hoch wie seinen.

»Es geht gleich los. Gleich. Du musst die Augen zumachen.« Giorgos versucht Spannung für Lina aufzubauen. Während beide die Augen schließen und auf die wärmende Sonne warten, setzt sich noch jemand zu den beiden auf den Stein und greift Giorgos Hand. Es ist Eolina.

»Darf ich? Bitte«, haucht sie ihm ins Ohr. Giorgos drückt ihre Hand. Lina hat inzwischen die Augen wieder aufgemacht, da sie Eolina bemerkt hat.

»Jetzt, Schätzchen. Augen zu.« flüstert ihr Giorgos zu.

Die drei schließen die Augen und lassen den warmen Sonnenstrahl der aufgehenden Sonne auf ihr Gesicht scheinen. Der Sonnenaufgang dauert diesmal eine Ewigkeit. Eolina lässt Giorgos' Hand los.

»Danke. Das wollte ich unbedingt nochmal fühlen.« Sie steht auf.

»Warte bitte«, fordert Giorgos sie auf. – »Bleib noch kurz bei uns.«

Eolina setzt sich wieder und betrachtet Linas Puppe, die sie ihr entgegenstreckt.

»Meine Puppe. Siehst du?«, sagt sie zu Eolina.

»Sie ist sehr hübsch. So wie du.«

»Weißt du, Eolina, ich habe es damals nicht akzeptieren können, dass du mich nicht mehr sehen wolltest. Das hat lange gedauert, bis ich es verkraftet hatte.«

»Was meinst du? Giorgos. Ich wollte dich noch sehen. – du hattest es dir doch anders überlegt«, kontert Eolina.

»Ich habe einen Brief von dir bekommen, in dem du mir deutlich mitgeteilt hast, dass dein Leben in Athen und in deinen Kreisen stattfinden wird.«

»Das stimmt nicht, Giorgos. Du hast mir geschrieben ... Hast du mir geschrieben, dass du mich nicht liebst und ich für dich nur eine von vielen war?«, fragt sie ihn skeptisch.

»Niemals, Eolina. Niemals im Leben würde ich so etwas tun.«

»Mein Vater.« Eolina wird wütend. – »Das ist nicht möglich. Wie konnte das geschehen. Wie konnte ich diese Zeilen nur glauben?«

»Der Brief ist nicht von dir?« Giorgos kann es nicht fassen.

»Mein Vater hat ohne unser Wissen unsere Beziehung zerstört und alles, was hätte folgen können. – Weißt du, was das bedeutet?« Eolina kommen Tränen vor Wut und Verzweiflung. Lina schaut die beiden an und wird unruhig.

»Spiel ein bisschen mit der Puppe, Schätzchen. Komm.« Giorgos setzt Lina auf ihr Kissen neben dem Stein, auf dem sie sitzen.

»Aber das Gefängnis? Du wusstest es und hast mir geholfen? Ich verstehe das Ganze nicht.«

»Gefängnis?« Eolina versteht nichts mehr.

Als Giorgos ihr von seiner Zeit im Gefängnis erzählt und von dem Brief, den Sotis an Eolina geschrieben hatte, stellt sich heraus, dass Eolina diesen Brief nie erhalten hatte.

»Mein Vater hat dich rausgeholt, um dich von mir fernzuhalten. Ich hätte dich sofort besucht. Sofort, Giorgos.«

Eolina wird immer wütender auf ihren Vater.

»Das alles, was geschehen ist, ist nur durch Manipulation entstanden. Ich dachte, du willst mich nicht mehr.«

»Giorgos, du warst der erste Mann in meinem Leben. Ich hätte sonst was gegeben, um für immer dein zu sein. Ich habe mich so abserviert gefühlt. Benutzt. Ich war wütend und sauer.«

Giorgos umarmt Eolina und drückt sie ganz fest.

»Ich sah dich im Krankenhaus. Du kamst von der Krebsstation. Wie geht es dir, Eolina?«

»Es ist alles gut. Gott sei Dank. Ich bin gesund.«

Eolina wischt sich die Tränen weg und lächelt Lina zu, die ab und an zu den beiden Weinenden blickt.

Eolina erzählt Giorgos, wie sie ihren Mann kennenlernte, und über ihre beiden Jungs. Giorgos erzählt ihr von Deutschland, seiner Zeit im Gefängnis, von Helena und Lina. Beide stellen fest, dass es hätte anders kommen können.

»Weißt du, Giorgos, die Gefühle, die ich damals hatte, sind verflogen. Ich habe einfach alles abgestellt. Du bist mir nicht egal und das wirst du nie sein. Aber jetzt ich bin Ehefrau und Mama für meine beiden Jungs.«

»Ich habe keine Mama«, wirft Lina ein, die das Gespräch so am Rand mitbekommt.

»Du hast eine Mama, Süße. Deine Mama liebt dich sehr«, antwortet Eolina unter Tränen, die sie nicht zurückhalten kann.

»Ich bin sicher, dass du eine tolle Familie hast. Dein Mann ist sehr freundlich und höflich. Und auch eure Kinder sind sehr wohlerzogen.« Giorgos nimmt Lina auf den Schoß. – »Und wir beide kommen wunderbar aus. Stimmt's, Schätzchen?« Er stupst ihre Nase mit dem Finger.

»Ja. Ja. Ja.«, antwortet Lina und löst sich aus seiner Umarmung, um wieder mit der Puppe und Kleo zu spielen.

»Du wirst bald 30 Giorgos. Das ist doch noch lange nicht die Zeit, um eine Zukunft alleine anzugehen.«

»Ich habe doch meine große Liebe. So groß, wie es keine zweite gibt. Glaub mir Eolina. Ich bin so oft so einsam, dass ich mir den Tod herbeisehne. Egal, wie schmerzvoll er auch sein möge. Aber wenn ich jeden Morgen aufstehe und meinen kleinen Engel ansehe, dann dreht sich die Welt viel langsamer um uns. Ich spüre Helenas Nähe in jeder Faser meines Körpers, in jedem Atemzug, und ich sehe sie in jedem Stern, der nachts am Himmel strahlt.«

»Ich wünsche dir alles Gute, Giorgos. Wirklich von Herzen.« Eolina steht auf.

»Ich wünsche euch auch alles Gute. Ich bin froh, dass du gesund bist. Dass du glücklich bist.« Giorgos steht auf und umarmt Eolina, die ihm zum Abschied einen Kuss auf die Wange gibt.

»Auf Wiedersehen, meine Kleine«, ruft sie Lina zu, die unbeeindruckt weiterspielt. Giorgos bleibt noch eine Weile mit Lina, bis die Sonne schon ganz heiß auf ihre Köpfe brennt.

Daheim macht sich Giorgos noch lange Gedanken über alles, was war. Die Briefe, die er und Eolina nie geschrieben hatten. *Was gewesen wäre, wenn ihr Vater sich nicht eingemischt hätte? Ob sie wohl auch so glücklich geworden wäre, wie sie es jetzt ist? Ob er seine kleine zauberhafte Lina hätte? Ob er jemals Helena geliebt hätte?*

Als es in der Nacht regnet, wird Giorgos bewusst, dass Linas großes Kunstwerk am Haus und auf der Straße weggespült werden würde. Und so ist es auch am nächsten Morgen. Beinahe alles wurde vom Regen abgewaschen. Linas Enttäuschung ist ihr anzusehen. Umso erfreulicher für sie, dass Giorgos mit ihr zusammen zum Einkaufen geht und für sie die schönsten und grellsten wasserfesten Wandfarben kauft.

»Wenn du jetzt malst, Lina, geht die Farbe nicht einfach vom Regen runter.«

Lina packt eine Farbdose nach der anderen in Giorgos' Einkaufskorb hinein.

243

Als die beiden zuhause ankommen, stehen Eolina mit ihrem Mann und den beiden Jungs vor Giorgos Haus.

»Hallo. Welch eine Überraschung«, begrüßt Giorgos die vier.

»Ich wollte unbedingt den Jungs das tolle bunte Haus zeigen. Leider hat der Regen alles abgewaschen.«

Eolina schaut ihre sichtlich enttäuschten Jungs an.

»Also, ich weiß nicht, was ihr vorhabt. Aber wenn ihr das verschiebt, dann dürft ihr alle an unserem Haus mit malen.« Giorgos bückt sich zu den beiden Jungs und hält ihnen die Tasche mit den Farbdosen und Pinseln hin.

»Au Ja. Dürfen wir?«

Die Jungs schauen ihre Eltern fragend an.

»Also, wenn das für euch in Ordnung ist, dann bleibt ein bisschen hier, und während die Kinder malen, trinken einen Wein und genießen den schönen Tag.«

Giorgos öffnet das Hoftor und bittet die Gäste hinein.

»Sehr gerne. Das ist sehr freundlich. Du musst wissen unsere Jungs sind keine begnadeten Künstler«, warnt Eolinas Mann.

»Das wird schön. Ihr werdet sehen. Kinder sehen die Welt bunter, als wir es tun.«

»Danke, Giorgos.« Eolina wischt sich eine Träne aus dem Augenwinkel.

Giorgos zieht den drei Kindern jeweils ein Shirt von sich über, welches ihnen bis zu den Knien reicht, und drückt jedem einen Pinsel in die Hand. Gemeinsam mit Eolinas Mann Alexandros öffnen sie alle Farbdosen und stellen sie den Kindern an die Hauswand. Eolina hat eine weiße Tischdecke auf den Tisch hinter dem Haus aufgelegt. Dimitrios, der die Konstellation zu Anfang etwas skeptisch sah, bringt Gläser und Wein aus dem Haus. Die Kinder verstehen sich miteinander und haben wahre Freude am Malen. Tiere und Blumen, Häuser und Flugzeuge, Sonnen und Wolken. In allen nur denkbaren Variationen und Farben. Und dank der Unterstützung der anwesenden Erwachsenen können die Kinder die Wände bis über die Fenster bemalen.

An diesem Nachmittag, am 14. April 1965,entsteht in Laurion das wohl bekannteste Haus. Das bunte Haus, das man heute noch auch weit außerhalb der Region kennt.

Giorgos, der inzwischen 78 Jahre alt ist, lebt heute noch in Laurion in dem nach wie vor bunten Haus. Alle zwei Jahre, im Frühling, nachdem der Winter das Haus in Mitleidenschaft gezogen hat, lädt Giorgos alle Kinder aus Laurion zum Malen ein. Und so bekommt das Haus immer wieder ein neues buntes Leben eingehaucht.

Giorgos Galanis Haus in Laurion (2013)

Nachbemerkung

Liebe Leser,

ich möchte mir einen Moment Zeit nehmen und Ihnen dafür danken, dass Sie *Giorgos* gelesen haben. Unter unzähligen Büchern haben Sie sich für meines entschieden. Ich hoffe es hat Ihnen gefallen.

Gerhard Zall

Danksagung

Giorgos wäre nicht entstanden ohne die Unterstützung meiner Frau Sonja. Vielen Dank, dass Du es mir ermöglichst kreativ zu sein. Ich liebe Dich.

Ich danke auch der kleinen Mona, die mir freundlicherweise ihre wunderbaren Zeichnungen zur Verfügung gestellt hat.